正是爲乘陽
氣行春令不是
閒遊玩物華

勸農（老旦扮小軍執旗副丑皁隸執板貼門子引外

仙呂引子【夜行船】何處行春開五馬。采邠風物候穠華。竹宇聞鳩。轓引鹿。且留憩甘棠之下。（古調笑）時節時節。過了春三二月。晴膏雨烟濃。太守春深勸農。農重農重。緩理征徭詞訟。俺

安府。在江廣之間。春事頗早。想俺爲太守的。深居府堂。那

鄉僻塢。有抛荒遊懶的。何由得知。昨已分付該縣。置買花

待本府親自勸農。想已齊備。（小生扮縣吏上）承行無令史

辦。有農民稟爺。勸農花酒。俱已齊備。（外）分付起行。近鄉之

不許多人囉唣。（衆應喝道起行介）（外）正是爲乘陽氣行春

不是閒遊翫物華。（衆引外乘馬下）（生末扮父老上）

【前腔】白髮年來公事寡。聽兒童笑語諠譁。太守巡遊。春風滿

敢借著。這務農宣化。俺等乃是南安府淸樂鄉中父老。恭喜

府杜太爺。管治三年。慈祥端正。弊絕風淸。凡各村鄉約保

義倉社學。無不舉行。極是地方有福。現今親自各鄉勸農

免官亭伺候。那祗候們。扛擡花酒到來也。（雜扮公人扛酒

花上）

雙調正曲【普賢歌】俺天生的快手賊無過。衙舍裏蕭蕭沒的睃。扛

去前坡。（作跌介）幾乎破了哥。摔破了花花。你賴不得我。（生末

位祗候哥來了。（雜）便是這酒擡子漏了。只怕酒少。煩老官

遮蓋些。（生末）不妨。且擡過一邊。村務裏嗑酒去。（雜下）（生末

方端正坐椅、太爺到來、（虛下）（衆引外上）
羽調正曲【排歌】紅杏深花、菖蒲淺芽、春疇漸暖、年華竹籬茅舍酒
兒叉雨過炊烟一縷斜（生末上跪接科）衆父老迎接太老爺、
起去、（合）提壺叫、布穀喳、行看幾日免排衙、休頭踏、省衆譁
驚他林外野人家、（衆）稟爺到官亭、（外下馬進坐介）（生末）父老
叩頭、（外）衆父老、此爲何鄉何都、（生末）南安縣第一都清樂
（外）待我一觀、（望介）美哉此鄉、眞箇清而可樂也、（長相思）你
山也清、水也清、人在山陰道上行、春雲處處生、（生末）正是
也清、吏也淸、村民無事到公庭、農歌三兩聲、（外）父老、知我
遊之意乎、

仙呂正曲【八聲甘州】平原麥灑、翠波搖翦翦、綠疇如畫、如酥嫩雨、
塍春色、蘼苴、趁江南土、疏田脈佳、怕人戶們拋荒力不加、還
有那無頭官事悞了、你好生涯、（生末）以前晝有公差、夜有盜
太爺到後呵、
【前腔】（換頭）千村轉歲華、愚父老香盆兒童竹馬、陽春有脚、經過百
姓、人家月明無犬吠、杏花雨過有人耕、綠野眞箇村村雨露
麻、（淨扮農夫歌上）閭閻繚繞接山巔、春草青青萬頃田、日暮
辭停五馬、桃花紅近竹林邊、（跌介）（外）前村田歌可聽、（淨）好
吓、
雙調集曲【孝金經】（孝順歌首至六）泥滑喇、脚支沙、短耙長犁滑律的拿夜

撒菰麻天晴出糞渣香風醃鮓〔生末〕太爺在此〔淨〕農夫叩頭
歌的好、夜雨撒菰麻、天晴出糞渣、香風醃鮓、是說那糞臭、
老們、他却不知、那糞是香的、有詩爲証、焚香列鼎奉君王、
玉炊金飽即妨、直到飢時聞飯過、龍涎不及糞渣香、與他
花賞酒、〔淨插花飲酒笑介〕好老爺、好酒、〔合唱〕〔金字令十至合〕官裏醉
霞風前笑插花〔淨末〕〔錦法經一句〕把俺農夫們俊煞〔下〕〔門子稟科〕一
小厮唱的來也、〔丑扮牧童上〕
〔前腔〕春鞭打笛兒吵倒牛背斜陽閃暮鴉〔以笛指門子介〕他
樣小腰擺一般雙髻鬈能騎大馬〔生末〕太爺在此、〔丑〕牧童叩
〔外〕歌的好、怎生指着門子唱、一樣小腰擺、一般雙髻鬈能

大馬、父老、他怎知騎牛的到穩、有詩爲証、常羨人間萬戶
只知騎馬勝騎牛、今朝馬上看山色、爭似騎牛得自由、賞
酒、插花去、〔丑插花飲酒介〕〔合唱〕官裏醉流霞風前笑插花〔丑
俺村童們俊煞〔下〕〔貼〕一對婦人、歌的來也、〔旦老旦採桑上〕
〔前腔〕那桑陰下柳籠兒搓順手腰身剪一丫呀、甚麼官員在
俺羅敷自有家便秋胡怎認他、提金下馬〔生末〕太爺在此、〔旦
旦〕村婦叩頭、〔外〕歌的好、說與他、不是魯國秋胡、不是秦家〔二旦撞頭〕
君、是本府太爺勸農、見此勤渠採桑、可敬也、有詩爲証、一
桃李聽笙歌、此地桑陰十畝多、不比世間閒草木、絲絲葉
是綾羅、領酒插花去、〔二旦背插花飲酒介〕〔合唱〕官裏醉流霞

前笑插花〔二旦〕把俺採桑人俊煞〔下貼稟介〕又一對婦人唱

來也〔副旦持筐採茶上〕

〔前腔〕乘穀雨、採新茶、一旗半槍金縷芽、呀、甚麽官員在此、學

雪炊他、書生困想他、竹烟新瓦〔生末〕太爺在此〔副旦〕婦女叩

〔外〕歌的好、說與他、不是郵亭學士、不是陽羨書生、是本府

爺勸農、看你婦女們、採桑採茶、勝如採花、有詩爲証、只因

上少茶星、地下先開百草精、閒煞女郎貪鬬草、風光不似

茶清、領了酒、插花去、〔副旦插花飲酒介〕〔合唱〕官裏醉流霞、風前

笑插花〔副旦〕把俺採茶人俊煞〔下生末跪介〕稟太爺、衆父老茶

飯伺候、〔外〕不消、餘花餘酒、父老們領去、給散小鄉村、也見官

府勸農之意、分付起馬、〔衆應喝道介〕〔生末稟科〕村中男婦、領

了花酒、都來送太爺、〔前各衆内應介〕

雙調集曲〔清南枝〕〔清江引首至合〕不念亦可 黄堂春遊韻、瀟灑身騎五花馬、村務裏有

光華、花酒藏風雅、男女們罷了、〔鎖南枝八至末〕你德政碑隨路打〔全

學堂

沒多些只這無邪兩字付與兒家

學堂

（貼色襖背褡紅汗巾繫腰上）

南呂正曲（一江風）小春香一種在人奴上畫閣裏從嬌養侍娘行粉調朱貼翠拈花慣向粧臺傍陪他理繡牀陪他理繡牀陪燒夜香小苗條喫的是夫人杖花面丫頭十三四春來綽約人事終須等箇助情花處處相隨步步覷俺春香日夜跟（我俺不可不別）

小姐、看他名為國色實守家聲、嫩臉嬌羞老成尊重、只因爺延師教授、昨日請了一位先生、叫什麼陳（想介）陳最良、先生的景像、哎喲、好不端嚴、老爺又對他說、倘有不到之只打這丫頭、噯、俺春香嘿豈是與他們出氣的、却不是我晦氣、今早伏侍小姐早膳已畢、不知那先生可在學堂裏（覷科生內嗽介）咦、你看這老人家、端端正正、坐在學堂裏嗄、待俺去請小姐上書則箇、正是有福之人人伏侍、無福人伏侍人、（虛下）（生腐儒偏袖上）吟餘改抹前春句、飯後尋午晌茶、蟻上案頭沿硯水、蜂穿聰眼咂瓶花、我陳最良在衙設帳杜小姐家傳毛詩、承老夫人館待、今日早膳已過不見女學生進館、却也嬌養的緊、嗄、春香、（響云）春香、（取戒擊桌三聲貼內應）怎麼、（生）請小姐上書、（貼應）曉得、小姐有

（扶隨小旦繡襖插鳳上）

仙呂引子（遶地遊）素粧纔罷款步書堂下（貼）對淨几明窗瀟灑昔賢文把人禁殺恁時節則好教鸚哥喚茶（旦見科）先生萬福、

罷了、〔旦〕進旁桌內坐介〔貼〕見先生、〔生〕唉〔貼〕先生休怪嗄、〔生〕
箇怪你、〔貼〕不是小姐出來遲了些、〔生〕罷了、〔貼〕立於〔旦〕桌側
女學生、凡爲女子、雞初鳴、咸盥漱櫛笄、問安於父母、日出
後、各供其事、如今女學生、以讀書爲事、須要早起、〔旦〕立云
後不敢了、〔貼〕知道了、今夜俺和小姐不睡了、〔生〕啲、爲何、〔貼〕
三更時分請先生上書、〔生〕咻咻咻、何乃太早、〔貼〕哎、早又不
遲又不好、嗳、難得緊了、〔生〕呣、昨日上的毛詩、可曾溫習、〔旦〕
習了、則待講解、〔貼〕嗄、小姐溫習熟了、則待先生講解、〔生〕你
〔貼〕我、〔生〕呣、〔貼〕呵呀、我是爛熟的了、〔生〕嗄、你竟爛熟的了、〔貼〕
爛熟的了嘿、〔生〕好、背來、〔貼〕低云噢、小姐、先生叫你背書、〔生〕

啲啲、叫你背嗄、〔貼〕嗳、俺熟的了唦、〔生〕背來、〔貼〕就背、〔拿書帶
走至中將書丢桌反身斜目看書介〔生〕朝上背書、〔貼〕低急
小姐小姐、甚麼嗄、〔旦〕低云關、〔貼〕嗄關、嗄關、〔生〕關關、〔貼〕嘖、關
嘖、關關、〔生〕關關雎鳩、〔貼〕呣呣呣、關關雎鳩、呣呣〔生〕哎哎哎
唦、〔貼〕是關關雎鳩在、關關雎鳩在唦、〔生〕咻咻、在河之洲、〔取
方一拍〔貼〕啐、窈窕淑女、君子好逑、可是爛熟的了、〔一口氣
〔生〕啞笑科一句也背不出、還說爛熟、〔貼〕這等還不熟〔末〕唦、
去再讀、〔貼〕咳、還說不熟、〔生〕聽講、關關雎鳩、雎鳩是箇鳥名、
關乃鳥聲也、〔旦〕掂頭介〔貼〕先生、鳥聲怎麼樣的、可學與俺
聽、〔生〕啲、怎好學與你聽、〔貼〕量你也學不來、〔生〕此鳥性喜幽

在河之洲（貼急走至生桌邊云）嗄、是了、不是昨日、是前日、
晬、不是今年、是去年、俺衙內關着一箇班鳩兒、被小姐放
去一飛、（細促步指上幼女狀）飛在何知州家、可是麼、（生）胡
這是興、（貼）喲、（有口無心式）興箇甚的那、（生）（留意輕云動足搖身）興者起也起那下文、窈窕淑
是幽閒女子、有那等君子好好的來逑他、（小旦低頭）（貼）先生、爲甚好
的求他、（雙手靠桌厭云）（生）嗨、依註講解只管胡纏、（貼諢式）
（旦）師父、依註解書學生自會、但把詩經大意敷演一番、（生）
春香、你也聽着、（貼）曉得了、（生）
掉角兒〔論六經詩經最葩、（貼哈軒）（小旦搖頭）閨門內許多風雅、有指證姜嫄產
不嫉妒后妃賢達、更有那詠雞鳴、傷燕羽（貼聽之不懂自弄衣帶介）泣江皐、思漢廣洗

鉛華有風有化宜室宜家、（小旦）這經文偌多、（貼）先生、這經文
多少、（生）詩三百、一言以蔽之、没多些、只這無邪兩字付與
家、（貼）好、講得好聽、（生）書已講完、春香、取文房四寶與小姐模
（貼應走小旦右桌橫磨墨介）（小旦）學生自會臨書、春香還
把筆、（生應小旦寫科）（貼）嗄、小姐說、自會臨書、春香還勞先
把筆、（生）咦、你書也背不出、還要臨字、（貼）先生、寫箇潤硃兒
（生）寫與你、（貼看生寫遞紙與貼貼接放自書上）（小旦）書完
送與先生看、（貼）小姐字完、送與先生看、（生）寫得快嗄、（貼）請
（生看科）哎喲、好字嗄、我從不曾見這樣好字、（貼）小姐、先生
那裏讚了、（生）女學生這是什麼格、（小旦）是衛夫人傳下、美

簪花之格、〔生〕嗄、其實寫得好、〔貼〕先生、待我寫箇奴婢學夫

如何、〔生〕你、〔貼〕嗳、〔生〕尚早哩、〔貼〕諢科走過向小旦低〔云〕小姐、

要去出恭、〔小旦〕對先生說、〔貼〕低應慢走近生桌搶籤〔云〕春

領出恭籤、〔生〕忙將戒方揿住〔云〕嗨嗨嗨、你來不多時、〔貼〕來

半日了嘿、〔生〕就要去出恭、〔貼〕阿喲、急急的緊了嗻、〔生〕嗨、去

就來、〔貼〕拿籤行〔云〕春香領出恭籤、〔生〕去、〔貼〕背〔云〕啐、俺那里要

出甚麼恭、〔望內科〕且到那邊去、頑耍頑耍再來、〔兜雙手斜

〔下〕〔小旦〕敢問師母尊年、〔生〕嗄嗄、平頭六十、〔小旦〕學生待繡

鞋兒上壽、請箇樣兒、〔生〕阿呀呀生受了、依孟子上樣兒做

不知足而爲屨罷了、〔小旦〕是春香還不見來、〔生〕便是、去了

牡丹亭　學堂　四

日、還不見來、〔喚科〕嗄、春香春香、〔拍戒方貼內應拍手笑上〕

哎呀有趣嗄、原來那邊有一座大花園、桃紅柳綠好耍子

〔生又拍喚〕快來、〔貼〕你聽那害淋的、只管叫、也罷、待我只做

出恭不完的意思、〔咬籤雙手操裙內細急步進科〕〔云〕交籤

也出不完、只管叫、〔生〕嗄、多講、〔貼慢走看生歸立處〕〔小旦〕劣

頭那裏來、〔貼〕小姐、你只管在此讀書、原來有座大花園花

柳綠、阿呀呀好耍子哩、〔生〕吓吓、春香、你書到不讀、反往後

園戲耍、你自頑劣罷了、反引逗小姐、嗨嗨、我要打的嗻、〔貼〕

先生、你要打俺麼、〔生〕不打你、打那箇、〔貼〕喲、又來了、〔生〕嗄、〔貼〕

〔前腔〕俺是箇女郎行那裏應文科判衙、止不過識字兒書塗

雅〔生〕古人讀書、有囊螢的、趁月亮的、〔貼〕待映月耀蟾蜍眼花
囊螢把、蟲蟻兒活支殺〔生〕咳咳咳、懸梁刺股呢、〔貼〕比似你懸
梁損頭髮、刺了股添疤納、有甚光華〔內叫賣花介〕〔貼〕小姐、聽
聲聲賣花、把讀書聲差〔生〕嗨嗨、又引逗小姐、如今當眞要打
〔貼〕噯、打嚏、打嚏打嚏、〔生打貼一下手心〕咏、〔貼〕阿喲、〔接住戒
推生科〕你待打這哇哇桃李門牆險把負荊人諕煞〔生奪
手、還不放手、〔貼搶戒方擲地頑哭介〕〔生氣抖云〕嗄、不伏拘
禀知公相、要辭館了、大踱科辭館了、〔小旦〕師父息怒、看他初犯、容
生去責治一遭、〔生〕好、女學生去責治他、豈有此理、〔小旦〕死
頭、拾起來、〔貼拾戒方小旦似接貼嚇欲遞生式〕〔小旦〕取來、

送與先生罷、〔小旦〕拿來、〔貼怯聲送小旦介〕〔小旦〕唐突師父
跪下、〔貼〕對小姐跪了罷、〔小旦〕對先生跪、〔欲打貼怕云〕就對
生跪、〔小旦打科〕賤人、〔貼揉疼處哭介〕〔小旦〕自古一日爲師、
〔啞聲〕嗄〔小旦〕終身爲父、〔生笑拍手科〕是嗄、〔小旦〕先生難道
你不得、反去唐突他、〔生〕這等可惡、〔貼〕哎呀俺沒有唐突先
哪、〔生〕還說、〔小旦打貼介〕賤人、〔生拍桌科〕打的好打的好、〔小
自今以後呵、
〔前腔〕手不許把鞦韆索拿、脚不許把花園路踏〔貼〕眼兒瞧瞧
〔生〕多嘴哩、〔貼劣諢介〕〔小旦〕這招風嘴把香頭來綽疤〔貼〕不
說甚哪、〔生〕還要強辯、〔貼〕噯、〔生〕唬唬唬、〔小旦〕這招花眼把繡

兒簽𥈠（貼）哎呀、瞎了中甚用嗄、（生）不許開口、（貼作鬼臉對生）
嚜嚜、（生氣極科）哇哇哇、（小旦）則要你守硯臺跟書案伴詩
陪子曰沒的爭差、（貼）爭差些罷、（小旦撏貼髮介）（生）好、好、（小旦）
問你、幾絲兒頭髮、（貼）哎喲、（小旦）幾條兒背花、敢也怕些些夫
堂上那些家法、（欲打貼雙手揞住云）先生再不敢了、（生）女學
鬆這一遭兒饒他起來罷、（小旦）領先生命、起來、（貼）多謝小
（欲福小旦止云）謝了先生、（貼哭聲不願式福科）多謝先生
饒、（生）下次不可、（貼渾科）嚜嚜嚜、（生）嗨嗨嗨、（下二句應刪）
尾聲女弟子則爭箇不求聞達、和男學生一般兒教法、（內不用應白）你們
課完了、方可回衙、（小旦應生）咱和公相陪話去、怎孤負的

一弄明窗新絳紗、（小旦）學生送師父、（生走貼從背後暗罵畫
（科）咄、（生）嗨、頑劣嗄、（下）（貼）村老牛癡老狗、一些趣也不知、（小
死丫頭、怎生這般罵先生、（貼）小姐、背後罵他是不曉得的、
（旦）胡說、俺且問你、那花園在那裏、（貼）噯、你自去讀書、不要
我這死丫頭、好頑耍的、（不理科）（小旦笑問）這丫頭放刁、你
花園在那裏、（貼亦笑指云）兀那不是、（小旦）可有什麽景致、
景致麽、有亭臺六七座、鞦韆一兩架、遶的流觴曲水、面着
湖山石、名花異草、委實華麗、（小旦）原來有這等一箇所在、
回衙去、
（小旦）也曾飛絮謝家庭　（貼）欲化西園蝶未成

（小旦）無限春愁莫相問（貼）緑陰終借暫時行（同下）

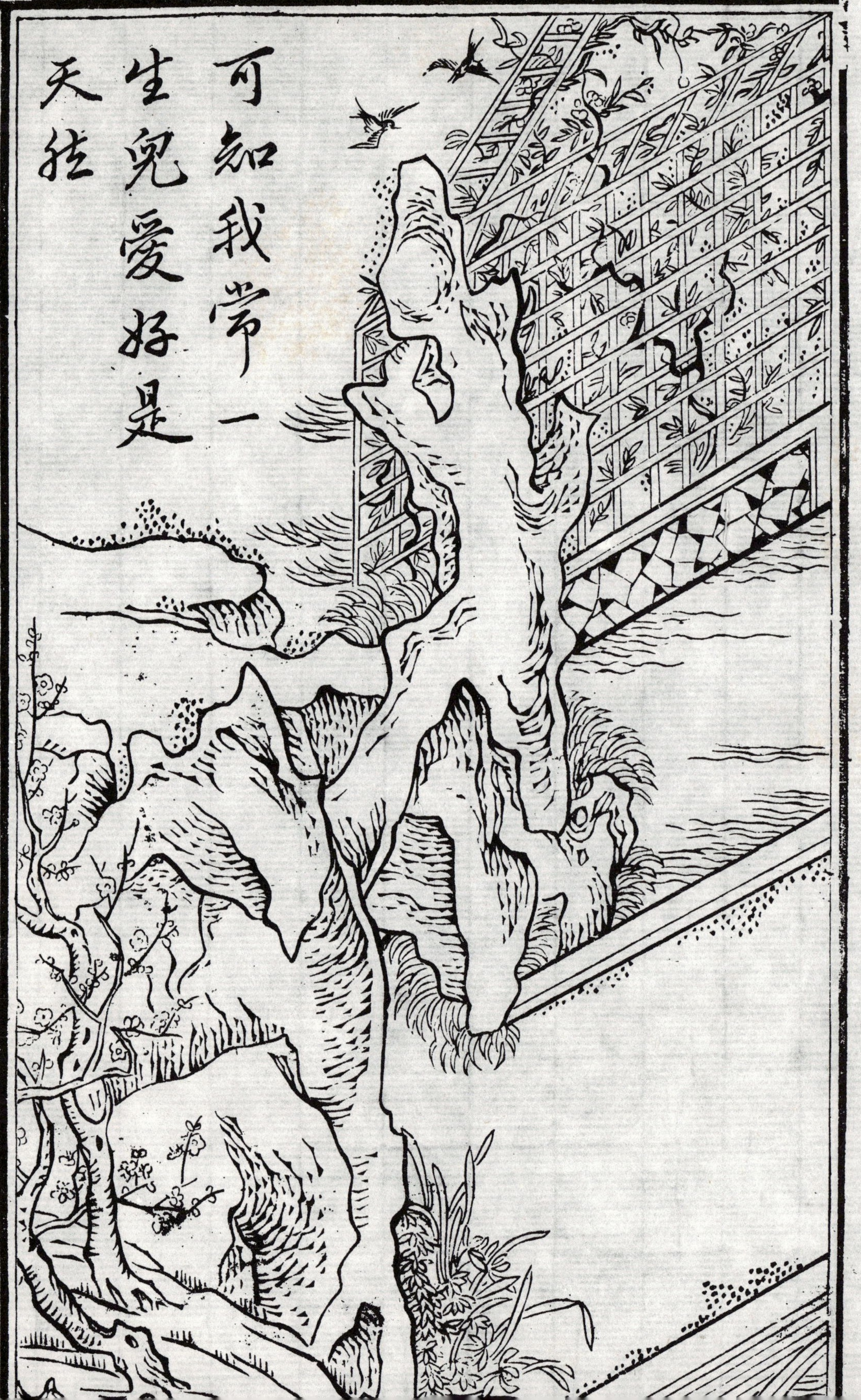
可知我常一
生兒愛好是
天然

金魚池非

遊園〔小旦上〕

商調引子〔遶地遊〕夢迴鶯囀、亂煞年光遍、人立小亭深院、〔正坐〕〔貼上〕

炷盡沉烟、拋殘繡線、恁今春關情似去年、〔見介〕〔小旦〕鳥夜啼、

來望斷梅關、宿粧殘、〔貼〕你側着宜春髻子恰凭欄、〔小旦〕剪

斷、理還亂、悶無端、〔貼〕已分付催花鶯燕借春看、〔小旦〕春香、

曾分付花郎、掃除花徑、〔貼〕分付過了、〔小旦〕取鏡臺衣服過

〔貼〕曉得、雲髻罷梳還對鏡、羅衣欲換更添香、鏡臺衣服在

〔小旦〕放下、

仙呂正曲〔步步嬌〕裊晴絲吹來閒庭院、搖漾春如線、停半晌整花鈿、

沒揣菱花偷人半面拖逗的彩雲偏、〔行介〕步香閨怎便把全

現、〔貼〕小姐今日穿插的好、〔小旦〕

〔醉扶歸〕你道翠生生出落的裙衫兒茜、艷晶晶花簪八寶塡、

知我常一生兒愛好是天然、恰三春好處無人見、不隄防沉

落雁鳥驚諠、則怕的羞花閉月花愁顫、〔貼〕巳是花園門首了、

小姐進去、〔小旦〕你看畫廊金粉半零星、池館蒼苔一片青、

踏草怕泥新繡襪、惜花疼煞小金鈴、〔小旦〕春香、不到園林

知春色如許、〔貼〕便是、〔小旦〕

〔皂羅袍〕原來姹紫嫣紅開遍、似這般都付與斷井頹垣、良辰

愛遊玩做勿走三角莫作閒觀

景奈何天、賞心樂事誰家院、恁般景致、我爹娘再不提起、〔合〕

飛暮卷雲霞翠軒、雨絲風片、烟波畫船、錦屏人忒看的這韶

一本源頭從此曲白而起不可不唱

賤

【好姐姐】遍青山啼紅了杜鵑荼蘼外烟絲醉軟（貼）小姐是花放了、那牡丹還早哩、（小旦）牡丹雖好他春歸怎占的先（貼）對鶯燕、呌得好聽、（小旦）閒凝眄生生燕語明如剪嚦嚦鶯溜的圓去罷、（貼）這園子委是觀之不足也、（小旦）提他怎的、

【隔尾】觀之不足由他繾便賞遍了十二亭臺是惘然到不如盡回家閒過遣（作到介）（貼）小姐、你在此歇息片時、我去看看夫人再來、瓶插映山紫、鑪添沉水香、（下）（小旦）咳、默地遊春小試宜春面、春嘎、得和你兩留連、春去如何遣、咳、恁般天好困人也、春香、春香、（作左右瞧介又低頭沉吟介）天、嘎、春

惱人、信有之乎、常觀詩詞樂府、古之女子、因春感情、遇秋恨、誠不謬矣、我今年已二八未逢折桂之夫、忽慕春情、怎（自嘆自惜狀）蟾宮之客、昔日韓夫人得遇于郎、張生偶逢崔氏、曾有題記、崔徽傳二書、此佳人才子、前以密約偷期、後皆得成秦（着神念）（綴氣暗嘆介）吾生於宦族、長在名門、年已及笄、不得早成配、誠爲虛度青春光陰如過隙耳、（酸鼻淚介）可惜妾身顏如花、豈料命如一葉乎、（拭淚介）

商調正曲【山坡羊】沒亂裏春情難遣驀地裏懷人幽怨則爲俺生嬋娟揀名門一例一例裏神仙眷甚良緣把青春拋的遠俺睡情誰見則索因循腼腆想幽夢誰邊和春光暗流轉遷延

衷懷那處言淹煎潑殘生除問天（伸腰睡介）（副扮睡魔神上

夢中話白云）睡魔睡魔睡魔紛紛馥郁一夢悠悠何曾睡熟某

魔神是也奉花神之命說杜小姐與柳夢梅有姻緣之分

我勾取二人魂魄入夢（引小生折柳上又引小旦與小生

面小旦作驚式副下）（小生）呀姐姐小生那一處不尋訪小

來却在這里（小旦作斜視不語介）（小生）恰好花園內折取

柳半枝姐姐你既淹通書史可作詩以賞此柳枝乎（小旦

驚喜欲言又止介）這生素昧平生何因到此（小生笑介）姐

咱愛殺你哩

越調集曲（山桃紅）（下山虎首至五）則爲你如花美眷似水流年是答兒閒

遍在幽閨自憐姐姐和你那答兒講話去（小旦作含笑不行

生）嗄（牽小旦衣介）（小旦低問）秀才那裏去（小生）轉過這芍藥

欄前緊靠着湖山石邊（小旦低問）去怎的（小生輕唱）（小桃紅五至合）

你把領扣鬆衣帶寬袖稍兒搵着牙兒苫也（下山虎六至末）則待你

耐溫存一晌眠（小生欲近小旦羞推介）（合）是那處曾相見相

儼然 對窺 早難道好處相逢無一言（又近小旦笑推急走介小生

衣急趨小旦遠立凝望轉身先進小生緊隨下）

早難道
好處
相逢無
一言

花神各色亦皆貫相點綴西湖夢境大花神依古不戴髭鬚為是

驚夢

（依次一對徐徐並上分開兩邊對面立以後照前閏月花神立於大花神傍末扮大花神上居中合）

黃鐘【出隊子】嬌紅嫩白競向東風次第開願教青帝護根荄莫
紛紛點翠苔把夢裏姻緣發付秀才（末）催花御史惜花天檢
春光又一年蘸客傷心紅雨下勾人懸夢綵雲邊吾乃南
府後花園花神是也因杜知府小姐麗娘與柳夢梅秀才
後有姻緣之分杜小姐遊春感傷致使柳秀才入夢吾神
管惜玉憐香特來保護（衆）我等千紅萬紫正該惜玉憐香

黃鐘正曲【畫眉序】好景豔陽天萬紫千紅盡開遍滿雕欄寶砌雲
霞鮮督春工連夜芳菲慎莫待曉風吹顫（合）為佳人才子諧
繾夢兒中十分歡忭

牡丹亭　驚夢　一

【滴溜子】湖山畔湖山畔雲纏雨縩雕欄外雕欄外錦簇翠軿
下蜂愁蝶戀三生石上緣都因夢幻一枕華胥兩下遽然（搭
上下坐立介）（末）

【鮑老催】（此曲并後曲俱歸入越調非黃鐘也）單則是混陽蒸變看他似蟲兒般
動把風情搧一般兒嬌凝翠綻魂兒顫這是景上緣想內成
中見呀淫邪展污了花臺殿咱待拈片落花兒驚醒他（向鬼
丟花介）他夢酣春透了怎留連拈花閃碎的紅如片秀才
到的半夢兒夢畢之時好生送杜小姐仍歸香閣吾神去

【五般宜】一箇兒意昏昏夢魂顛一箇心兢兢麗情牽一箇巫
女趁着雲雨天一箇桃花浪逐紅塵流遠一箇精神忒軟一

俗唱休忘了
非

歡娛恨淺、兩下裏萬種恩情、只有落花兒早一會轉、（衆花神
（生旦攜手上）
巳種情根
山桃紅（下山虎首至四）這一霎天留人便草藉花眠、小姐可好（旦低
（介）（生）則把雲鬟點、紅鬆翠偏、（小桃紅五至合）見了你緊相偎慢廝
恨不得肉兒般團成片也、（下山虎至末）逗的箇日下胭脂雨上鮮
秀才、你可去呵、（合）是那處曾相見相看儼然、早難道好處（俗作欲去還留戀亦可）
逢無一言姐姐、你身子乏了、將息將息、（輕拍小旦）小生去了、（
（科）（旦起戀白）秀才你去了也、（生回顧走近旦含笑坐介）（生
姐、你好十分將息、我再來看你、行來春色三分雨、（旦）睡眼
（科）秀才、（生）妙、睡去巫山一片雲、（下）（旦閉目口內暗叫）秀才

牡丹亭　驚夢　二

不、（老旦上）夫壻坐黃堂、嬌娃立繡窗、怪他裙衩上、花鳥繡
雙、我兒吓、爲何磕睡在此、（小旦）吓秀、（老旦）吓、（小旦）哎呀原來是
親到此、（見介）（老旦）罷了、兒嗄、你方纔說什麽秀、（小旦）吓、孩兒
刺繡裁罷、（老旦）爲何晝眠在此、（小旦）兒適花園中閒翫、忽值
膗惱人、故爾回房、無可消遣、不覺困倦少息、有失迎接、望
親恕罪、（老旦）兒嗄、這後花園冷靜、少去閒行、（小旦）謹依母親
命、（老旦）爲何不到書房中看書、（小旦）先生不在、且自消停、（老
咳、女兒家長成、自有許多情態、且自由他、正是宛轉隨兒
辛勤做老娘、（小旦）孩兒送母親、（老旦）罷了、（下）（旦看老旦下長
（介）娘嗄、你叫我學堂看書、去、知他看那一種書纔消得我

癡神脫力式

也、（作掩淚介）

【越調正曲】【緜搭絮】雨香雲片、纔到夢兒邊、無奈高堂、喚醒紗窗睡、

偎潑新鮮冷汗粘煎、閃的俺心（欲立又坐）悠步嚲、意軟鬟偏、不爭多費

神情、坐起誰懽、則待去眠、（貼上）晚粧銷粉印、春潤費香篝、小

熏了被窩睡罷、（小旦）

【尾聲】困春心、遊賞倦、也不索香熏繡被眠、天呀、有心情那夢

還去不遠、（下）

元來春心無處不
飛懸

寻梦

尋夢（小旦插鳳繡襖袖中暗帶細扇上）
仙呂宮正曲 月兒高幾曲屏山展。殘眉黛深淺。爲甚衾兒裏不住
柔腸轉。這憔悴非關愛月眠遲倦。可爲惜花朝起庭院。（進正坐
坐介）忽忽花間起夢情。女兒心性未分明。無眠一夜燈明
恠煞梅香喚不醒。昨日偶爾春遊。何人見夢。綢繆顧盼。如遇
平生。獨坐思量。眉蹙神凝介情殊悵怳。眞箇可憐人也。（悶介）（貼捧茶食
香飯盛來鸚鵡粒。清茶擎出鷓鴣斑。小姐早膳哩。（小旦見
愁眉科）咱有甚心情也。
前腔（又一體）梳洗了纔勻面。照臺兒未收展。睡起無滋味。茶飯
生咽。（貼）夫人分付早飯要早。（小旦）你猛說夫人。則待把飢人勸

（貼）小姐還請用些。（小旦）你說爲人在世。怎生叫做喫飯。（貼
日三餐。（小旦）咳。甚甌兒氣力與擎。拳生生的了前件。（貼）多
用些。（小旦）你自拿去喫了罷。（貼）受用餘杯冷炙。勝如賸粉
膏。（捧盤下）（小旦冷覷春香下科）春香已去。天呵。昨日所夢
亭儼然。只圖舊夢重來。其奈新愁一段。尋思展轉。竟夜無
咱待乘此空閒。背却春香。悄向花園尋看。（立起走出房門
右角轉至中悲介）哎也。似咱這般。正是夢無綵鳳雙飛翼。
有靈犀一點通。（行介）一逕行來。（偷看笑介）喜的園門洞開。
式看）守花的都不在。則這殘紅滿地呵。
南呂宮正曲 懶畫眉 最撩人春色是今年。出扇耍嫚少甚麼低就高來粉畫

元來春心無處不飛懸（絆介）哎、睡荼蘼抓住裙衩線（諳笑介）恰便是
似人心好處牽這一灣流水呵
前腔 爲甚呵玉真重遡武陵源也則爲水點花飛在眼前是
公不費買花錢則咱人心上有啼紅怨咳、孤負了春三二月
（收扇于袖對左下左手巴椅偷覷喫茶介）（貼上）喫飯去不
了小姐、只得一逕尋來、呀、
不是路 何意嬋娟小立在垂垂花樹邊小姐、（搜小旦袖科）纔
饍箇人無伴怎遊園（小旦）畫廊前深深驀見銜泥燕隨步名
是偶然（貼）娘回轉幽閨窣地教人見那些兒閒串（小旦作惱
哇、（貼跪介）（小旦）

前腔 偶爾來前道的咱偷閒學少年（貼）咳不偷閒偷淡、（小旦）
奴善把護春臺都猜做謊桃源（貼）春香呵敢胡言（小旦薄怒
貼嗔科）還說、（貼）這是夫人命耶、（小旦轉顏）晦、起來、（貼）是、（小
夫人如何說、（貼）嗄、道春多刺繡宜添線潤逼鑪香好賦箋
旦）還說甚來、（貼）這荒園塹怕花妖木客尋常見去小庭深
（小旦）知道了、你好生答應夫人去、俺隨後便來、（貼應科）閒
傍砌如依主、嬌鳥嫌籠會罵人、（下）（小旦冷看貼遠暗笑科）
頭去了正好尋夢哩、
仙呂宮正曲 忒忒令 那一答可是湖山石邊這一答似牡丹亭畔
雕闌芍藥芽兒淺一絲絲垂楊線一丢丢榆莢錢線兒春（出袖扇介）甚

錢弔轉、昨日那書生手折柳枝、要我題咏、（欲言思赧）吼、强我揩扇掩弄

會之時、嘖嘖、好不話長、（輕笑介）

嘉慶子 是誰家少俊、來近遠、敢迤逗這香閨去、沁園、話到其

（輕輕低唱）靦覥、他捏這眼、奈煩也天、咱噷這口待酬言、（撿扇於袖）原本作

尹令 咱不是前生愛眷、又素乏平生半面、則道來生出現、乍

今生夢見生就、箇書生、哈哈生生抱咱去眠、那些好不動人 含

意也、

品令 他倚太湖石、立着咱玉嬋娟、待把俺玉山推倒、便日暖

生烟、挨過雕闌、轉過鞦韆、揹着裙花展、敢席着地、怕天瞧見、

一會分明、美滿幽香、不可言、夢到正好時節、甚花片兒弔下

也

豆葉黃 他興心兒緊嚥嚥、嗚着咱香肩、俺可也慢掂掂做意

周旋、等閒間把一箇照人兒昏善、那般形現、那般軟緜、忑一

撒花心的紅影兒、俗作葉非 弔將來半天、敢是咱夢魂兒廝纏、（冷尋看）

（角）咳、尋來尋去、都不見了、牡丹亭、芍藥欄、怎生這般凄涼

落、杳無人跡、好不傷心也（淚介）

玉嬌枝 是這等荒涼地面、沒多半亭臺靠邊、好是咱瞇睽色

尋難見、明放着白日青天、猛教人抓不到魂夢前、霎時間有

活現、打方旋、再得俄延、呀、（精神百倍）是這答兒、（驚喜非常）壓黃金釧匾

（叫科）秀才（欲呼柳生從地鑽出之神）秀才、（視定落神垂手）

再見邪生呵〔脱力式〕

〔三月海棠〕怎賺騙、依稀想像人兒見、邪來時荏苒、去也遷延、

遠、邪雨跡雲蹤纔一轉、敢依花傍柳還重現、昨日今朝眼下

前陽臺一座登時變、〔作沒揪沒保三回兩顧〕再消停一番、〔望

呀、無人之處、忽然大梅樹一株、梅子磊磊可愛、神喜介

〔么令〕偏則他暗香清遠、傘兒般蓋的周全、他趁這春三月紅

雨肥天葉兒青、偏迸着苦仁兒裏撒圓、愛煞這晝陰便、再得

羅浮夢邊、〔雙手已倚樹冷看〕罷了、這梅樹依依可人、我杜麗

若死後、得葬於此幸矣、

〔江兒水〕偶然間心似繾、梅樹邊、這般花花草草由人戀、生生

死隨人願、便酸酸楚楚無人怨、待打併香魂一片、陰雨梅天

的箇梅根相見、〔倦坐介〕〔貼上〕佳人拾翠春亭遠、侍女添香午

清、咳、小姐走乏了、梅樹下打盹哩、

〔川撥棹〕你遊花苑、怎靠着梅樹偃、〔低叫〕小姐〔小旦微開眼又

目輕唱貼扶定〔小旦〕一時間望眼連天、一時間望眼連天、

眼欲起又坐〔下〕忽忽地傷心自憐、〔神空身重而起畧直則

步淚介〔合〕知怎生情悵然、知怎生淚暗懸、〔小旦臉睛無神

足皆軟〔貼〕小姐甚意兒、〔作摸頭不着狀〕〔小旦〕

〔前腔〕〔又一體〕春歸人面、整相看無一言、我待要折、我待要折的

柳枝兒問天、我如今悔、我如今悔不與題箋、〔貼〕這一句猜頭

是怎言（合前）去罷、（小旦作行又住介）

前腔（又一體）爲我慢歸休欵留連（丙鳥啼介）聽聽這不如歸春

天（貼）小姐、回去罷、明日再來、（小旦攙貼雙手）春香、難道我再到

這亭園難道我再到這亭園（貼）什麼說話、（小旦）則爭的箇長

和短眠（合前貼）到了看仔細、（小旦）

尾聲軟哈哈剛扶到畫欄偏（貼）和小姐瞧夫人去、（小旦）報堂

夫人穩便（貼）曉得、（下小旦）咱杜麗娘呵少不得樓上花枝也

是照獨眠（下）

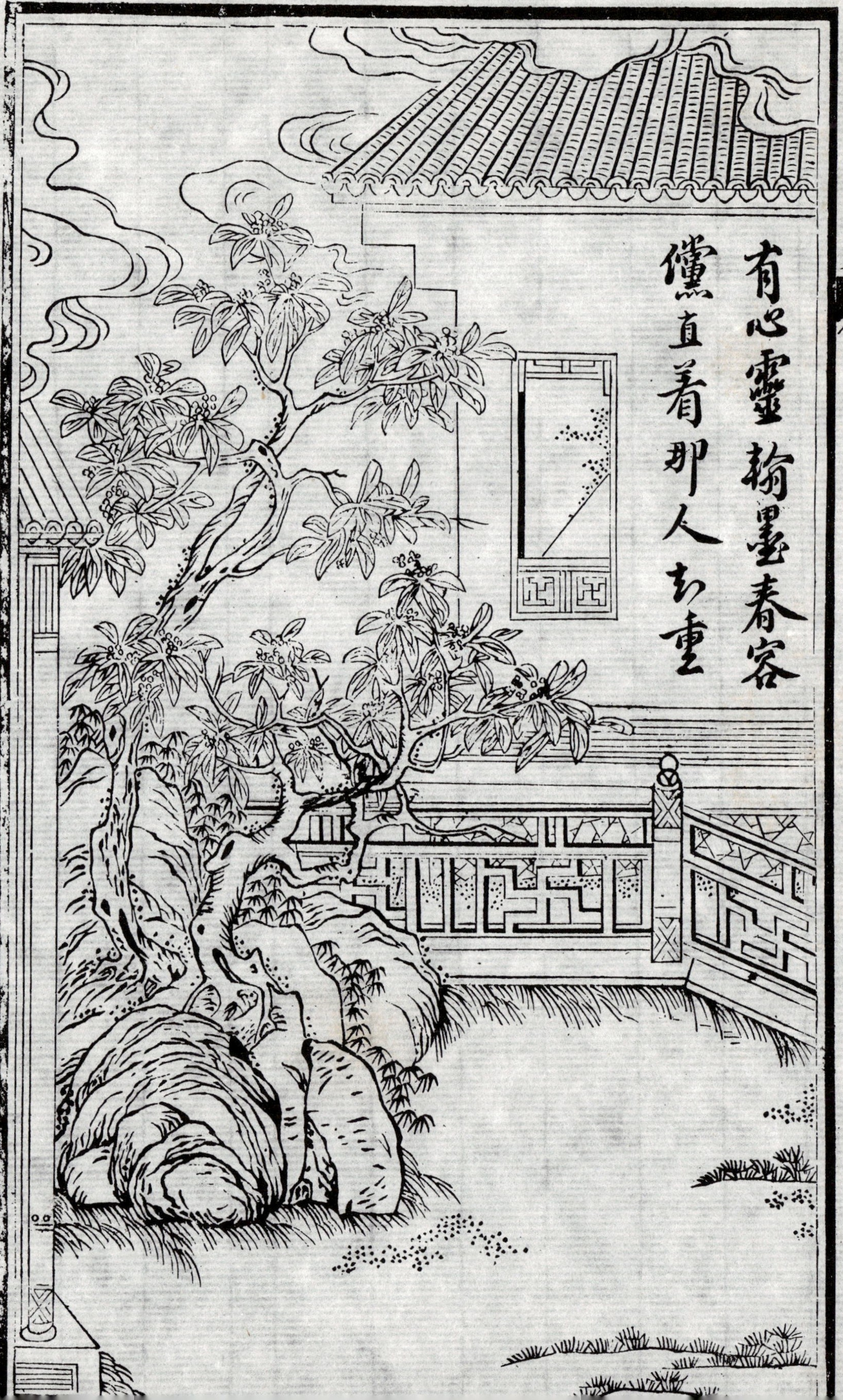
有心靈翰墨春容
儻直着那人知重

牡丹亭

離魂

二

此係艷麗佳人沉痾心染宜用聲嬌氣怯精倦神疲之態或憶可人睛心更潔或思酸楚靈魂自徹雖死還生當留一線俗論扛肩啞嗽謬甚

離魂（貼月白襖紫背褡紅汗巾束腰上）

仙呂宮引子【金瓏璁】連宵風雨重、多嬌多病愁中、仙少效藥無功、

有爲顰、笑有爲笑、不顰不笑、哀哉年少、我春香侍奉小姐、

春病到深秋、服藥不效、問卜無靈、今夕中秋佳節、風雨蕭

小姐病轉沉吟、待我扶他起來坐坐、正是從來雨打中秋

更値風搖長命燈、吓小姐、（用高聲小旦低軟應堪像病人

力音）喏、（貼）待我扶你起來坐坐、（小旦紅襖雲肩插鳳挽頭

綾裙打腰貼扶上）（小旦）喏、（開口咳嗽搶介）（貼）看仔細、（小旦）

【鵲橋仙】拜月堂空、（右下角無神看地走一癱貼）哎呀看仔細

（小旦頭癱出兩小咳嗽擡頭看天）行雲徑擁、骨冷怕成秋

（虛抖聲唱）（俗作貼唱非）世間何物似情濃、整一片斷魂心痛、（雙手直放

頭垂眼閉式）（貼）坐好了、（小旦用力即抖省力即空聲）枕函

破漏聲殘、似醉如呆死不難、（俗作貼云非）一段暗香迷夜雨、十分清瘦

秋寒、（貼）小姐、今日病體可好些麼、（小旦）嗄、春香、（貼）小姐、（小

看貼畧擡頭動科）我病境沉沉、不知今夕何夕、（喘擬）（低頭介）（貼）

今夜麼是八月十五了、（小旦作尖細聲俗做耳聾謬）（俗再問重）哎呀

（像慕色而亡）中秋佳節了、（小咳貼）正是、（小旦）想老爺夫人爲我愁煩、（嘆

多應是不會賞玩了、（貼）小姐嗄、老爺夫人見小姐有恙㦤、

有心情去賞玩嗄、（小旦鼻悲起）哎呀爹娘嗄、（咽上欲哭即

三四咳住貼）請免愁煩、（小旦）我聽得陳師父、替我推命、說

春香最難陪襯或與小旦操背拭淚或倚椅磕睡或胡答胡應或剪燭支分依賓襯主法方爲合式

春香紅娘當加分別葢紅娘事事引逗春香語語含糊作者析之

過中秋、嗄、唧、唧（兩聲）（左手拍桌細搖頭介）看看病勢轉沉、今宵
好、多應是不濟事了、（擡眼看卽搖頭垂下介）（貼）小姐、吉人
有天相、我聽得陳先生說、小姐的病、過了中秋、就好了、還
保重、（小旦）春香、（貼）小姐、（小旦）可爲我推軒一望、月色如何、
嗄、曉得、（小旦慢咳介）（貼走至左上斜角雙手推窻伸出左
作揩手科）艾呀、偏偏今夜嚜、又下起雨來、嗄、小姐、微微月
濛濛細雨、（小旦作擡看貼科）嗄、微微月色、（貼）微微月色、（小
雙手强掙）濛、濛濛細雨、（掙對左斜頭强動式）（貼）正是、（雙手
小旦頭看左介）小姐看噓、（小旦）咳、
商調正曲（集賢賓）海天悠悶冰蟾何處湧、（兩咳）看玉杵秋空憑誰

藥、把嫦娥奉、哎呀甚西風（貼誤聽）嗄、敢是怕風麽、待我去閉
了罷、（小旦）吹夢無踪、人去難逢、須不是神挑鬼弄、（貼）小姐、
陡作精神 珠淚雙流 自言自語式
是病虛之人、不要傷感罷、（小旦）在眉峯、（一咳皺眉科）哎唷、
小姐、爲什麽爲什麽吟、（急狀念）（小旦）心坎裏別是一般哎
疼痛、（作難過狀雙手揉胸口雙手直垂於桌痛暈睡桌介）（貼
呀、不好了、老夫人快來、（老旦急上）百歲少憂夫主貴、一生
病女兒嬌、小姐病體怎生了、（貼）夫人嗄、小姐是冷厥去了、
（老旦）哎呀、我的兒、我兒醒來、（貼）小姐醒來、小姐醒來、（老旦
宜激切高呼介）（小旦一絲回聲後唱）
（囀林鶯）甚飛絲繾的（老旦貼）好了、（小旦）陽神動、（貼）小姐、老夫

通作娘在那
裏似昏迷狀
非

在此、〔小旦〕哎呀弄悠揚、風馬丁冬、〔老旦椅子似與小旦並
式〕我兒、做娘的在此、〔貼〕小姐、老夫人在此、〔小旦雙手掙過
右手抖搭老旦手〕哎呀娘嗄、孩兒是要長謝你了、〔老旦〕親
教我做娘的怎了、〔小旦咳介雙手捺過對正〕春香、〔貼〕怎麽、〔
旦〕扶我起來、〔自先掙式〕〔貼〕哎呀你是病虛之人、不要勞動
〔小旦搖頭亦掙畧立〕不妨、扶起來、〔貼〕曉得、〔纔扶起小旦直
下對右急咳介〕〔貼〕哎呀、我說你是病虛之人嘟、還是坐坐
〔老旦〕不必起來、〔小旦搖頭掙立直捺桌〕不妨、〔貼〕如此看仔
嗄、〔小旦掙出桌右科〕春香放了手、〔老旦〕待他扶着的是、〔貼
春香扶着的好嘟、〔小旦皺着身臂俱癱于右臂上科〕哎呀

了嘘、〔貼〕嗄如此站好了、〔小旦捺桌走右桌角〕母親、〔貼〕老夫
〔老旦〕我兒、〔小旦〕孩兒是要拜謝你養育之恩、〔老旦作哽咽
淚搖手介〕〔貼〕小姐、老夫人說不要拜罷、〔小旦〕嗄、哎呀親娘、
旦〕哎呀親兒、〔小旦〕哎呀娘嗄、〔老旦〕哎呀兒嗄、〔哭介貼雙手
面哭〕阿唷、〔小旦〕從小來覷的千金重、〔在曲內捺桌走出在
邊作福雙手拱走上幾步要跪即跌倒介〕〔老旦此白亦在
內念〕春香扶好了、〔貼〕扶好在此、〔對橫自語科〕怎麽處、〔見小
跌倒急扶科俗行錯抱老旦大謬〕哎呀小姐、〔老旦〕哎呀我
〔責貼介〕小賤人、怎麽容小姐這一跌、〔貼〕哎呀我是扶好的
〔小旦〕哎呀娘嗄、〔老旦〕兒嗄不妨事麽、〔扶小旦坐地靠貼左

上老旦對面坐雙手攙小旦〔小旦〕奴是不孝女孝順無終、〔旦〕兒嗄、教我做娘的怎麼好、〔小旦〕咳娘嗄、〔老旦〕兒嗄、〔小旦〕〔老旦云〕此乃是天之數也、〔老旦〕苦嗄、〔小旦〕當今生花開一〔抖雙手搭老旦肩〕願來生把椿萱再奉〔老旦貼扶小旦立〕前後攙扶進桌〔合〕〔老旦貼〕恨西風一霎裏無端碎綠摧紅、〔旦坐思自笑云〕娘、〔老旦〕兒、〔小旦〕孩兒倘有不幸、作何處置、〔旦〕嗄、奔你回去也、〔小旦搖頭科〕嗄、作微笑科這到不消罷、〔老旦〕爲何、〔旦〕

商調集曲 黃玉鶯兒〔黃鶯兒首至二〕旅櫬夢魂中、盼家山千萬重、〔老旦〕兒便遠也去、〔小旦〕咳、是不是聽女孩兒一言、〔貼〕小姐有話對夫人說哪、〔老旦〕兒嗄、你說、〔小旦〕帶笑含羞云那後花園中、〔定睛看上云〕一株梅樹、〔老旦〕嗄、春香、有什麼梅樹、〔貼〕有一株大梅樹的、〔旦對老旦笑容得頭科〕兒心所愛、但葬我梅樹之下可矣、〔旦〕這箇使不得、〔小旦側聽式〕嗄、〔貼〕夫人說使不得、〔小旦看〕〔旦頭搖強式在鼻內聲科〕嗳、〔朝右連咳介〕〔貼〕老夫人依了姐罷、小姐夫人依你了、〔老旦〕兒、這是怎的來、〔小旦〕嗄、〔轉對〕〔旦科〕〔玉胞肚三至四〕做不得病嬋娟桂窟裏長生、則分的粉骷髏梅花古洞、〔小旦唱完晴云〕要依的要依的、〔老旦〕〔黃鶯兒四至末〕呀、看强扶頭淚濛、冷淋心汗傾、不如我先他一命無常用、〔合〕恨蒼妬花風雨偏向月明中、〔小旦在老旦曲內作難過皺眉介〕哎

哎唷、〔三聲[illegible]臂上〕〔貼〕小姐、〔與小旦揉背介〕〔老旦〕春香過來、
怎麽、〔老旦〕看小姐光景、都應不濟事了、〔貼〕便是、〔老旦〕你在
好生伏侍小姐、我去同老爺講、廣做道場也、〔貼〕老夫人住
此、〔老旦〕爲什麽、〔貼〕春香有些害怕、〔老旦〕自家小姐、怕他則
我去就來、兒嗄、銀蟾謾搗君臣藥、紙馬重燒子母錢、〔下〕〔貼〕
呀老夫人、多着幾箇人來嗄、哎呀老夫人住在此壘還好
〔小旦低頭科〕母親、〔貼先張內作怕走進云〕老夫人去了、〔小
嗄、夫人去了、〔貼作進內應〕正是、〔小旦變畧抖聲謾提起上
擡頭無光眼看貼身一矬下磕擱右臂上〕〔貼看怕科〕阿喲、
旦睜目即閉無神式〕來、〔對貼得頭〕〔貼作走一步退三步怕
在這裏、〔小旦右手抖拍桌云〕站到這裏來、〔貼〕哎呀在這裏
〔小旦皺着照前拍科〕這裏來噓、〔貼〕哎呀、偏是今夜的燈昏
得緊、〔左手指彈燈煤介〕〔小旦右手抓住貼左袖抖近科〕春
〔貼即跪膝上對旦科〕哎呀、〔小旦右手搭貼左肩左臂靠桌
云〕咱可有囘生之日了、〔貼〕小姐何出此言、〔小旦兩遏科〕春
嗄、
〔前腔〕〔黃鶯兒首至二〕你生小事依從、我情中哎呀你意中、〔拍貼肩介〕
小姐嗄、你是就好的哪、〔小旦〕春香須要小心伏侍老爺夫
千萬不可（俗云不可討打非）怠慢嗄、〔貼〕這箇春香當得、〔小旦忽爾自笑科〕春
我記起一事來了、〔貼〕小姐什麽事呢、〔小旦〕我那春容、〔貼〕嗯、

（旦）題詩在上、（慚笑搖首云）外觀不雅、葬我之後、你可將紫

匣兒盛好、藏在太湖石底、你須牢牢記着、（左手拍桌）（貼）小

這是土何意兒、（小旦）哪、（玉胞肚三至四）有心靈翰墨春容（右手似

貼起式（貼扶小旦坐正介）（小旦）（作微笑式）倘直着那人知重（低頭）（貼）

姐寬心、你如今不幸、孤墳獨影、肯將息好了身子、稟過老

（小旦作精神掙撞頭看貼狀介）但是姓柳姓梅的秀才招選一箇、同生同死、豈不美哉、（小

急雙手掙悲咽雙手抖搭貼手一落一癱（貼）號介）（小旦）怕

不得了（貼）呀、（對右上指小旦科）（黃鶯兒四至末）這病根兒怎攻、心

醫怎逢（小旦收雙手云）春香、我死後、你可向靈前（過二）過落

（看貼）叫喚我一聲、（身一落）（貼悲哭科）哎呀天嘎他一星（星

向咱傷情重（合前）（小旦在貼曲內作左手揉心右手搖手式

省叉左手將袖咬式俗做抓空謬矣雙手捺心頭立在椅

（上迸硬身）哎唷哎唷、（靠椅背咬唇第三聲喊作死式睜開

閉眼開口上牙放下唇（貼轉看小旦急出對右下喊介）哎

老爺夫人快來、（內打三皷介外巾服同老旦急上）

憶鶯兒（憶多嬌首至四）皷三鼕、愁萬重、冷雨幽窗燈不紅（貼作復轉

看小旦又回向外老旦云科）小姐是不好了噓、（外老旦）呀

侍兒傳言女病凶（作進內叫科）哎呀我的兒嘎、（貼）小姐、（外老

（黃鶯兒四至末）你捨的命終、拋的我途窮、當初只望把爹娘送（合）恨

匆萍蹤浪影風剪了、玉芙蓉、我兒醒來、（哭叫介）（貼立在小旦

後雙手捧住小旦腦後叫科〔外老旦〕我兒、你爹娘在此、〔貼〕

姐老爺夫人在此、〔小旦半開白眼開口俟衆叫定靜連身

週開眼作一絲絲聲雙手抖尋叫科〕爹爹、〔外〕我兒、〔貼〕老爺

那邊、〔小旦〕母親、〔老旦〕做娘的在此、〔貼〕夫人在這邊、〔小旦〕春

呢、〔外老旦〕春香、小姐喚你、〔貼〕春香在這裏、〔小旦〕扶我到中

去罷、〔貼〕要到中堂去麼、〔外老旦〕扶好了、〔貼應介〕〔小旦〕

〔尾聲〕怕樹頭樹底不到的五更風、和俺小墳邊立斷腸碑一

〔雙膝一軟連身矬靠右邊〕〔外老旦〕哎呀我兒、〔貼〕小姐〔衆扶

小旦介〕〔小旦啞叫〕爹爹、〔外〕我兒、〔小旦〕母親、〔老旦〕我兒、〔小旦

夜是中秋、〔外老旦〕正是、〔小旦嘆科〕咳、孩兒禁了這一夜的

噓、〔外老旦悲嘆介〕〔小旦〕怎能彀月落重生燈再紅、〔再字作

響漸漸葳蕤身亦軟矬紅字底作身迸直硬斷命〕〔外老旦

急喊叫科〕哎呀我兒、哎呀小姐、〔齊聲大哭扶小旦同下〕

一任你
魂魄来回
敢守的那破
棺星圆梦
那人来

時唱預曲次
白亦可

冥判（丑副扮牛頭馬面外扮吏典老旦鬼卒引淨上）
鐵判靈官是咱名、赤鬚環眼顯威靈、金雞剪夢追魂鬼、定
留人到五更、某十地閻羅王殿下、一箇胡判官是也、原有
位殿下、因陽世趙大郎家、和金邦爭占江山、損折衆生、十
嗄嗄去了一停、因此玉皇上帝、照見人民稀少、欽奉裁減
例、九州九位殿下、單減了俺十殿下之位、印無歸着、玉帝
憐見下官正直聰明、着權管十地獄印信、今日走馬到任、
馬、（鬼卒應帶馬介淨）
仙呂套曲【點絳唇】十地宣差、一天封拜、閻浮界、陽世栽埋、（又把俺
裏門桯邁（進拜印畢卸圓領進桌坐、吏典鬼卒牛頭馬面叩

（畢淨）呀、你看兩旁劍樹刀山、好不威嚴也、（牛頭馬面下外
判爺、凡新官到任、都要這筆判刑名、押花字、請判爺喝彩
番、（淨）有這箇例麽、（外）正是、（淨）起過一邊、待俺來嗄、（外立旁
嗄嗄嗄你看這筆拿在那手中、好不干係也、
【混江龍】這筆架在落迦山外、（肉）蓮花高聳、在案前排、（捧的是
曹令史識字當該、這筆管兒、是手想骨、脚想骨、竹筒般剉、（剉
來圓的滴溜、筆毫呵、是牛頭鬚、夜叉髮、鐵絲兒、揉定赤支毸、
筆頭公、是遮須國選的人才、這管城子、在夜郎城受了封拜、
一聲支兀另、漢鍾馗其冠不正、舞一回、疎喇沙、斗河魁近墨
（叶韻）黑、喜時節、奈何橋題筆兒耍去、悶來時、鬼門關投筆歸來、威

凜人間掌命、顫巍巍天上消災、（可也）【進桌坐】【外】因簿呈上、【淨】揭開簿

【看幾頁科】掌案的、這簿上開除都也明白、嗄、還有幾宗人

應該發落、【外】啟上判爺、因缺了殿下、地獄空虛三年、則有

死城中、輕罪男犯四名、女犯一口、未經發落、【淨】先帶男犯

名過來、【老旦應喚科】男犯四名走動、【生扮趙大上】要知前

因、【小生扮錢十五上】今生受者是、【副扮孫心上】欲知後世

【丑扮李猴兒上】今生作者是、【衆】鬼犯見判爺、【外】聽點、【淨執

筆點介】【外唱名科】趙大、【生應】錢十五、【小生應】孫心、【副應】李猴

兒、【丑】嗅、【淨】趙大你在陽間作何罪業、脫在那枉死城、說、【生】

犯無罪、生前喜唱歌詞、【淨】嗄、喜唱歌詞、【寫介】錢十五、你有

罪、說、【小生】愛住香泥房子、【淨】咵咵、這廝好作業嗄、【寫介】孫

你箇何罪、【副】鬼犯好使花粉錢、【淨】嗯、【寫介笑嘿嘿】李猴兒、

嗅、【淨】看你小小年紀、有何罪業、說、【丑】小鬼犯有德而無罪、

怎麼說有德而無罪、【丑跪上抵云】在陽間救人之急息人

火、好南風的、【淨】哇、（再重此語不像判官）孽障嗄、俺判爺初權印信、且不用刑、也罷

赦你們卵生去罷、（欲書）【衆】哎呀判爺、不知什麼卵、若是囘囘卵、

要到邊方去受苦哩、【淨】嗄、你們還想人身、【衆】人身難得、【淨】

不能彀、只好向那彈殼裏去走遭、（又欲書）【衆】哎呀可憐、又要被陽

人宰來喫、受一刀之苦、求判爺方便、【淨】嗄、也罷麼、不教陽

人宰喫你們便了、【衆】多謝判爺、【淨】趙大喜唱歌詞、貶你做

黃鶯兒、〔寫介〕〔生〕多謝判爺、〔淨〕錢十五愛住香泥房子、哅哅、
你做箇小小的燕兒、〔寫介〕向那燕巢裏去受用、〔小生〕多謝
爺、〔淨〕孫心好使花粉錢、嗄嗄嗄、貶你做箇花蝴蝶罷、〔寫介〕
多謝判爺、〔淨〕李猴兒、〔丑〕噢、〔淨笑〕嘿嘿嘿、這業障、到沒有什
貶你、〔丑〕只揀好點穀來、〔淨〕也罷、貶你做一箇蜜蜂、〔寫介〕〔丑〕
好的、〔淨〕怎麼不好、只是屁股裏頭常拖着一箇鍼、有人惹
你就鍼他這麼一鍼、〔丑〕哎喲、叫俺釘誰去、〔淨〕咵、四箇蟲兒
開兩旁、聽俺分付、〔衆應兩邊坐地介〕〔淨〕
〔油葫蘆〕蝴蜨呵您粉版花衣勝剪裁、蜂兒您忒箇利害、甜口
咋着、細腰捱、燕兒呵斬香泥弄影鈎簾內、鶯兒呵溜笙歌驚

紗窻外、恰好箇花間四友無拘礙、〔衆〕好快活嗄、〔淨〕你們不要
活盡了、那陽世孩子、好不輕薄哩、怕彈珠兒打的呆扇稍
恁便、撲的壞、不枉了你那、宜題入畫高人愛、則教你翅挪兒
將春色只這也麼、鬧場來、〔淨拂袖衆下淨向鬼門吹氣科衆
〔舞下〕〔淨〕帶女犯、〔老旦〕女犯走動、〔小旦上〕天台有路難逢俺、地
無情欲恨誰、女鬼見、〔外〕聽點、女犯杜麗娘、〔小旦〕有、〔淨〕揭去蓋
〔老旦應作揭去介〕〔小旦見遮介〕好怕人也、〔淨〕呀、
〔天下樂〕猛見了、蕩地驚天一箇女俊才、咍也麼咍來、俺裏來此地
苦嗄、〔淨〕血盆中、叫苦觀自在、〔老旦掩口低云〕判爺、這女子
得標致、權收做箇後房夫人罷、〔淨拍桌立起云〕唗、有天條

擅用囚婦者斬、則你那小鬼頭兒、胡亂飾、俺判官頭在、何

買、[小旦]哎、[淨回身指小旦科]是不曾見、粉油頭忒弄色、您不要怕、

上些、

【哪吒令】瞧了您潤風風粉腮、到花臺酒臺、溜些些短釵、過歌

舞臺、笑微微美懷、住秦臺楚臺、因甚的病來、因甚的病患來、

誰家滴支派、這顏色不像、似在泉臺、曾適人否、[小旦]女鬼不曾

人家、只為在南安府後花園、梅樹之下、夢見一秀才、折柳

（含羞低云掩口介淨側身側聽笑介）

枝要奴題咏、留連婉轉、甚是多情、夢醒來沉吟、題詩一首、

年得傍蟾宮客、不是梅邊是柳邊、為此感傷、壞了一命、[淨]

也謊也那有一夢而亡之理、

【鵲踏枝】一溜溜女嬰孩、夢兒裏能寧耐、誰曾掛圓夢招牌、誰

你、拆字道白哈也麼哈、那秀才何在、夢寬中曾見箇誰來、[小旦]

曾見誰、只見朵花兒閃下來、把奴驚醒、[淨]落花驚醒是花

之故、喚取南安府後花園花神勘問、[老旦應]南安府後花

花神有請、[末扮花神上]紅雨數番春落魄、山香一曲女消

老判大人請了、[淨]請了坐下、[末]有坐、呼喚小神、有何分付、[淨]

花神、這女鬼說是後花園一夢、為花飛驚閃而亡、可是麼、[末]

端的是也、他與秀才夢裏纏綿、偶爾落花驚醒、這女子是慕

色而亡的、[淨]敢便是你花神假充秀才、迷惑人家女子麼、[末]

這花色花樣都是天公定下來的、小神不過遵奉欽依、豈有

故意勾人之理、且看多少女色、那有𣨼花而亡、[淨]你道自
女色、沒有𣨼花而亡、我就數幾箇與你聽着、[此曲還帶花]
寄生草花把青春賣、花生錦繡災、有一箇夜舒蓮、扯不住留
帶、一箇海棠絲剪不斷香囊恠瑞香風、趕不上非烟在、你道
容那箇𣨼花亡、可不道你這、花神罪業隨花敗、去扇鬼收[末]花神知罪、
後再不開花了、[淨笑云]說那里話來、俺這裏已發落過花
四友、付你收管、[末]領命、[淨]這女鬼慕色而亡、也貶在鶯燕
裏去罷、[旦]苦吓、[末]老判大人、此女乃犯夢中之罪、如曉風
月、且他父親爲官清正、止生一女、可以耽饒、[淨]他父親是
[末]是南安知府杜寶、今陞淮揚總制之職、[淨]嗳哟、千金小
哩、也罷、看杜老先生分上、當奏過天庭再行議處、[放筆介]

謝了判爺、[淨]不要謝、[旦]就煩判爺替女犯查查、怎生有此
感之事、[淨]這事情註在斷腸簿上、[旦]勞判爺再查女犯的輕云
夫、還是姓柳姓梅、笑科[淨鼻笑]嗗嗗嗗嘿嘿嘿、取姻緣簿查來、
背查介一口氣云新科狀元柳夢梅妻杜麗娘前係幽歡
成明配相會在梅花觀中、嗄、不可泄漏、藏過了、[外]接過簿
回介嗄、對旦云有此人、和你因緣之分、我今放你出了枉死城、隨
遊戲、跟尋那人便了、[旦叩頭科]多謝恩官、[淨]嗳、吽你不要
只管謝、[旦]則俺那爹娘在楊州可能彀一見、[淨]哎呀、到有
一點孝心、花神可引他到望鄉臺觀者、[末]是、杜小姐這裏

那一帶是楊州〔淨〕就此空裏批路引介〔小旦〕作上臺望〔云〕哎

俺爹爹母親嗄、待飛將下去、〔末〕住了、〔淨〕下來下來、還不是

去的時節、功曹給一紙路引去、（吏應遞花神介）花神休壞他的肉身也、〔末〕

命、〔小旦〕謝恩官、〔淨〕

【煞尾】欲火近乾柴〔旦〕留的青山在〔一〕不可被雨打風吹日曬只

你傍月依星將（工 合一工尺上尺一工 合凡工合）天地拜〔一〕任你魂魄來回〔叶韻〕（對占唱占低眉）敢守的破棺星圓

（小鬼與小旦揭下魂帕）那人來〔外老旦隨淨下〕〔末白〕杜小姐（切勿早下）回後花園去來〔引小旦下〕

吊打

則他是
御筆親標第
一紅

弔打〔老旦正旦扮小軍引外相弔紅蟒扮杜寶上〕

僊呂宮引子〔糖多令〕玉帶蟒袍紅新參近九重〔耿〕秋光長劍倚崆歸到把平章印總渾不是黑頭公〔集唐〕秋來力盡破重圍入銀臺護紫微回頭卻嘆浮生事長向東風有是非、下官杜章因淮揚平寇、叨蒙聖恩、超遷相位、前日有箇棍徒、假充壻已着遞解臨安府監候、今日不免提出細審一番、過來軍有、〔外〕帶臨安府解來的棍徒（俗作秋風）聽審、〔小軍答應走出傳科〕臨安府解子、帶犯人進來、〔副扮解子應介背包裹小畫押生巾服刑具上〕

僊呂入雙角合套〔北新水令〕則這怯書生劍氣吐長虹〔副〕已到相府〔小生〕原來是丞相府十分尊重〔外〕看刑法伺候、〔小軍應介〕〔生〕呀他聲息兒忒洶湧咱禮數兒缺通融〔副報門科〕臨安解犯人進、〔小生〕嘵誰是犯人、〔副〕衙門規矩、〔小生〕什麼規矩、吠吩嘿無覷矩殼進、〔小軍〕進、〔副帶小生從角門進科〕犯人面、〔小生見外作冷笑轉身朝上介〕〔副向小軍云〕破布單一小畫一軸、〔作交付小軍介〕〔外〕打開刑具、〔副應〕領鈞旨開刑〔外〕解子外廂伺候、〔副應出角門下〕〔小生〕岳丈、〔外〕吒、〔淡笑科〕是你的岳丈、〔小生〕嗄人將禮樂爲先、俺這裏曲曲躬躬他裏半擡身全不動（俗端然坐非）〔外〕寒酸、你是那色人數、犯了法、在相府階不跪麼、〔小生〕生員嶺南柳夢梅、乃是老大人的女壻、〔外〕怒

胡說、吾女已亡故三年、不說到納采下茶、便是指腹裁襟、
些沒有、何曾得有箇女壻來、可笑、可恨、〔唱〕
【南步步嬌】我有女無郎早把他青年送、剗口兒、輕調哄、〔小生〕
員其實是老大人的女壻、〔外〕便做是我遠房門壻呵、你嶺
吾蜀、中牛馬風遙、甚處裏絲蘿共、敢一棍兒、走秋風指說關
騙的軍民動、〔小生〕通作我非你這樣女壻、眠書雪案、立榜雲霄、自家行俗去聲
用不盡、定要秋風老大人、〔外〕還强嘴、左右、搜他包袱裏、定
假雕書印、倂贓拏賊、〔小軍應搜科〕啓爺、破布单一條、觀音
一幅、〔外〕取上來、〔小生背云〕他見了春容、自然斷認嗄、〔外〕見
作驚私語科嗄、這是我女孩兒的春容、怎生在他身伴、〔問〕

〔生科〕啊、我且問你、可試問科認得南安石道姑、〔小生〕正答介認得、〔外〕提問科可認
陳最良、〔小生〕緊對介也認得、〔外〕天網恢恢、原來刼墳賊就是你、左
拏下、〔小軍應介〕〔小生〕住了、自古拏賊拏贓、不曾捉奸見牀
〔外怒視畫云〕這就是贓物了、〔小生假呆科〕嗄、
【北折桂令】您道証明師、一軸春容、〔外覷二云〕這春容分明是殉
的、〔向小軍低云〕收過了、〔小軍應收過介〕〔小生〕可知道是蒼
石縫迸拆了雲蹤、〔外〕快招來、〔小軍應喝科〕快招、〔小生〕您敎俺
謎的承供、供的是開棺、見喜、攩煞逢凶、〔外〕壙中還有玉魚金
〔小生〕有金椀呵兩口兒同匙受用、玉魚呵和俺九泉下比
和同、〔外〕還有、〔小生〕玉碾的玲瓏、金鎖的玎玲、〔外〕這都是那石

折桂令·雁兒落此二曲從拾畫至刁打將始末備陳其詞句帶謔帶刺須依腔押板嬉爲杜公一味端嚴憤恨執定栁賊桃精

姑〔小生〕則那石姑姑他識趣拏姦縱却不似您杜爺爺是、

賊威風〔外〕這厮明明招了、左右取紙筆與他畫供、〔小軍應一

取紙一人遞筆狀云〕畫供、〔小生〕什麽叫畫供、誰慣來、〔外〕唗、

軍吆喝介〔外〕

〔南江兒水〕眼腦兒天生是賊、他心機使的凶、〔小軍云〕畫供、〔小

接筆云〕生員這管筆只會做文字、不曉得什麽畫供、〔將筆

案放科〕〔外〕你這樣人會做文字、〔小生狂意〕也不敢欺、〔作擇

轉身朝上介〕〔外〕你紙筆硯墨則好招詳用、〔小生〕生員又不

奸盜、〔外〕你奸盜詐僞機謀中、〔小生〕因令愛之故嗄、〔外〕胡說、

精奇古恠虛頭弄、〔小生〕令愛現在、〔外〕還說現在、把他玉骨拋

牡丹亭　弔打　三

心痛〔小生〕拋在那裏、〔外〕在後苑池中、〔小生暗笑介〕〔外悲科〕月

斷魂波動、〔小生〕這事誰見來、〔外〕陳最良來報知豈不是實、〔小

生員爲令愛小姐費心、除了天知地知、陳最良那得知、

〔北鴈兒落帶得勝令〕〔鴈兒落全〕我爲他禮春容叫的凶、我爲他展

期擔怕恐、我爲他黙神香開墓封、我爲他唾靈丹活心孔、〔得令

呀、我爲他偎熨的體酥融、我爲他洗發的神清瑩、我爲他度

陽欵欵通、我爲他啓玉股輕輕送、我爲他軟温香把陽氣攻、

爲他搶性命把陰程迸、神通醫的他女孩兒能活動、通也麽

到如今風月兩無功、〔外〕這厮一派胡言着鬼了、左右把他弔起

來、取桃條着實打、〔小軍應提小生弔起打介〕一十、二十、三

〔小生〕阿唷〔作痛喊聲介〕〔丑副扮報錄人上〕天上人間忙不開科失却狀元郎〔副〕此是相府了〔丑〕奉旨尋叫怕他什麽去尋叫嗄〔副〕是嗄新科狀元柳夢梅新科狀元柳夢梅〔外〕麽人諠嚷〔小軍應介〕啲、相府階前、誰敢囉唣〔丑副見科〕俗增轉折非相小的們叩頭〔外〕你們是那裏差來的〔丑副〕小的們是駕上來尋新科狀元柳夢梅的〔外〕我這裏沒有、去罷〔丑副應退介〕〔小生見科〕大哥、開榜了麽〔丑副〕開榜了〔小生〕狀元是那〔丑副〕柳夢梅〔小生〕那里人〔丑副〕嶺南人〔小生〕我就是嶺南夢梅嗐〔丑副〕如此我們稟去〔跪外稟科〕相爺、他正是新科元柳夢梅求相爺放了、好赴瓊林〔外〕胡說這是賊犯、不是元、打出去〔小軍應作趕科〕去罷〔丑副退出丑向副云〕哥他老跎在此、叫他來一認就知明白〔副〕有理〔同行介〕〔外〕這廝初冒認女壻、如今又冒認狀元、左右再打〔小軍應打介〕四五十、六十、七十、〔小生喊科〕哎呀賊是假的、狀元眞的、打死聖上要與你討命的嗐〔丑副叫科〕老頭兒、來來來、〔淨扮郭跎拄杖上〕來哉、但聞丞相府、不見狀元郎、傖勾傖勾、〔丑副府裏面弔打一箇、不知可是你主人、進去認一認〔淨〕拉丟裏〔丑副〕隨我們來、〔淨作隨進尋科〕拉丟囉裏、〔丑副指科〕這是、〔淨見科〕嗄、箇箇正是我裏相公、相公爲傖弔拉裏、〔小生跎平章道我是賊、將我刁打嗐〔淨〕傖寃枉呸做賊、〔作直闖

第一板若拔在標字上竟像僥僥今矣

（行尋科）俺平章拉丢囉裏（作見介）吠、我裏相公、俺寃枉渠
賊、罷、拚老命打平章（舉杖打外式）（外）誰敢無禮、（小軍喝）（外）
出去、（小軍趕介）（淨退介）（小生）老跎、快到錢塘門外、報與杜
姐知道、（淨）曉得哉、（小軍）快走出去、（丑副）找着了狀元、俺們
報知黃門官、奏去便了、（淨）有理㱿、啞丢快點去、我出城去
（下）（丑副）末去朝天子、先來激相公、（急下）（外）都是一路的光
左右、與我着實打、（小軍應打介）（丑副捧紗帽圓領引末冠
騎馬上（末）踏破鐵鞋無覓處、得來全不費工夫、（作下馬介）
（副）苗老爺到、（小軍稟介）苗老爺到、（外出位立中）（末進見揖
老平章、（外還禮科）苗先生、（末傍立云）聞得新科狀元柳夢

在此、晚生特地而來（外）這是敝衙賊犯（末）本房取中的、現
登科錄在此、（作袖中取遞外看科）
南綵衣舞　則他是御筆、親標第一、紅柳夢梅爲梁棟（小生見
（云）好像苗老師、（叫科）老師救門生一救嗟、（末見科）哎呀呀
快放下來、（小軍應作放介）（外看完登科錄即甩於案卓介）
（生）哎呀可憐可憐、（末）你高弔起文章鉅公打、桃枝受用、（小
揖末介）老師可憐嗄、（末）是斯文倒、喫盡斯文痛、（小生）他道
是賊、（末）無情棒、打多情種、（小生）老師、他是我的丈人嗟（末
原來是倚泰山壓、卵欺鸞鳳罷了（指左右與小生穿戴科）一
宮袍遮蓋去、（外）什麼宮袍、扯下來、（末帶笑云）嗄嗄嗄、使不

(小生)嗄(丑副與小生穿戴完郎下執金瓜帶馬鞭上小軍
下執旗上(小生)
北收江南呀您敢抗皇宣罵敕封早裂綻我御袍紅似人家
壻呵拜門也似乘龍偏我帽光光走空您桃夭夭煞風(老平
好看俺插宮花帽壓君恩重(外)苗先生我如今連那柳夢梅
疑惑只怕不是他(末)怎見得(外)就是童生應試也要候案
生殿試了不候榜開來淮揚胡撞(末)狀元有話可告訴平
(小生)是老平章兀自不知爲因李全兵亂放榜稽遲令愛
得老平章有兵寇之事着我一來上門二來報他再生之
三來扶助你爲官(外作强笑介)這賊犯好胡說(末作陪笑
(小生)到如今好意翻成惡意今日可是你女壻了(末)該認
認(外)吔誰認你女壻來(小生)也由不得你嗄(末作笑科)哈
哈

南園林好嗔怪你會平章的老相公不刮目破窑中呂蒙式
作前輩們性重敢折倒你丈人峯敢折倒丈人峯(外)咳悔不
刧墳賊監候奏請爲是(小生笑科)
北沽美酒帶太平令(沽美酒全)你這孔夫子把公冶長陷縲紲中(作徉徉嬌客狀 外作憤憤相公形)
公冶長陷縲紲中我柳盜跖打地洞向鴛鴦塚有日呵把燒
陰陽問相公要無語對春風則待列笙歌畫堂中(太平令二至末)搶
鞭御街攔縱把窮柳毅賠笑在龍宮你老夫差失敬了韓重

呵人雄氣雄（老平章）深躬淺躬（請狀元）（俗伴末唱非）升東轉東（末）請赴瓊宴去罷（小生）是老平章您女壻赴瓊林宴去也（末）帶馬（左應科）請上馬（小生末上馬介）（小生）呀那時節纔提破了牡亭杜鵑殘夢（內吹打從人引小生末下）（外）奇哉異哉還是賊是鬼我也孤疑了也罷明日與新黃門陳最良商議奏滅鬼便了

【南尾聲】一塲詫事真難懂　那曾見敗柳狂條　難道天上種　我待明日　諫草除妖賣九重　下（可用不可用）

夜度滄州怪亦聽　可鬭妖氣暗文星

誰人斷得人間事　神鏡高懸照百靈

原本小生唱北尾而終外用弔塲白召齋長計議艱於收煞故於沽美酒帶太平令完即下後以南尾收羅杜老也

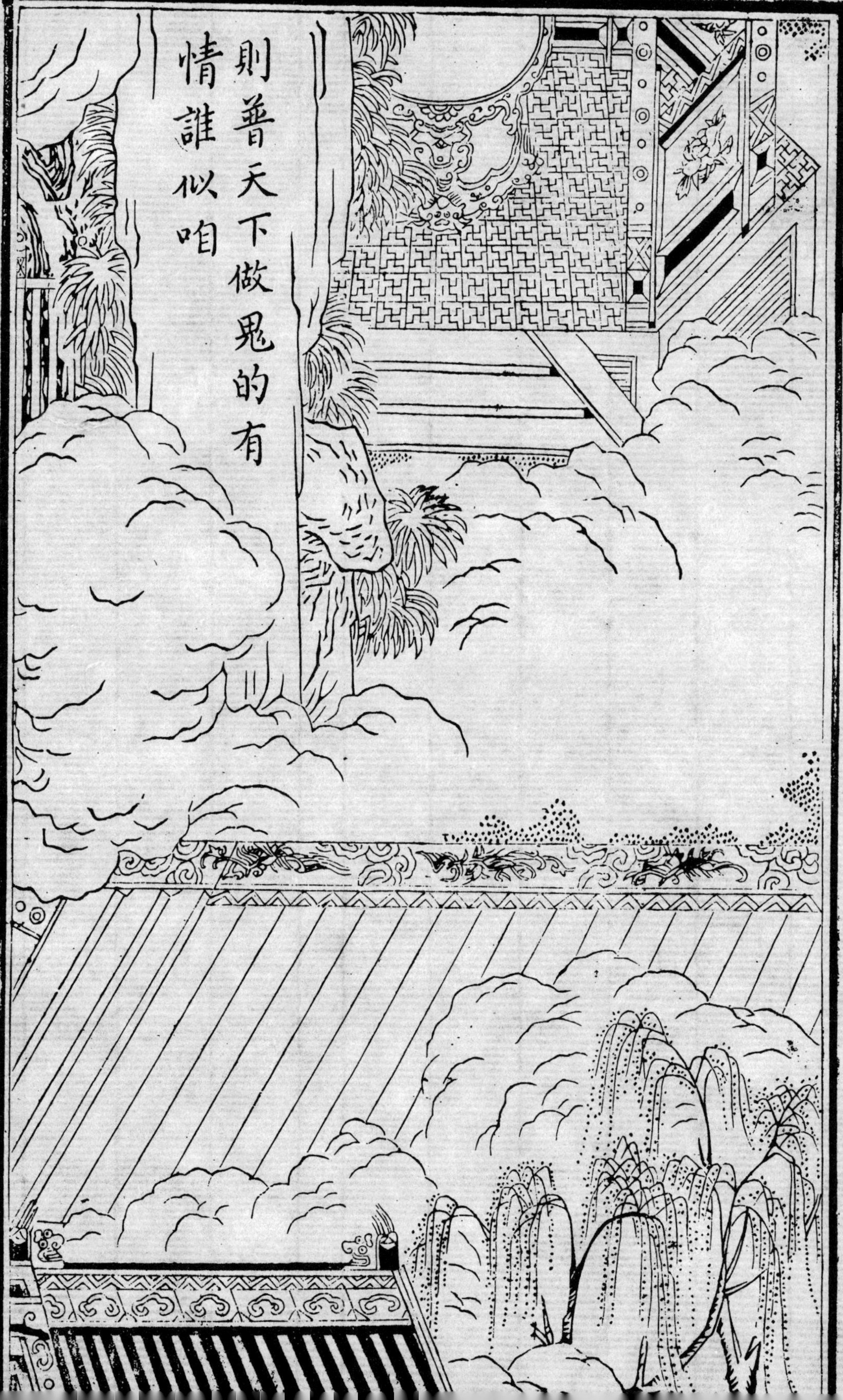
則普天下做鬼的有
情誰似咱

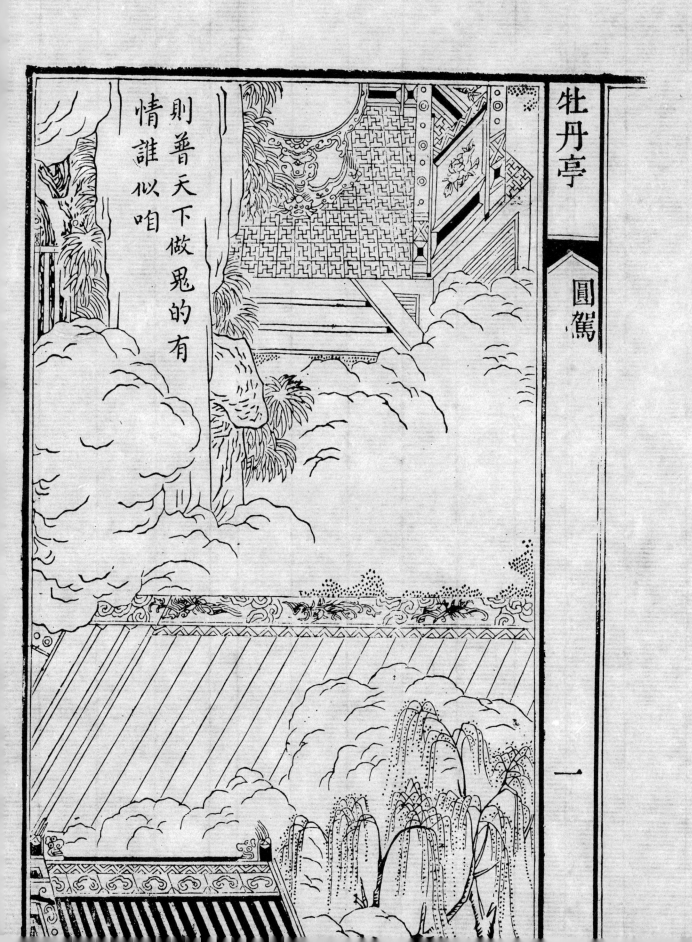

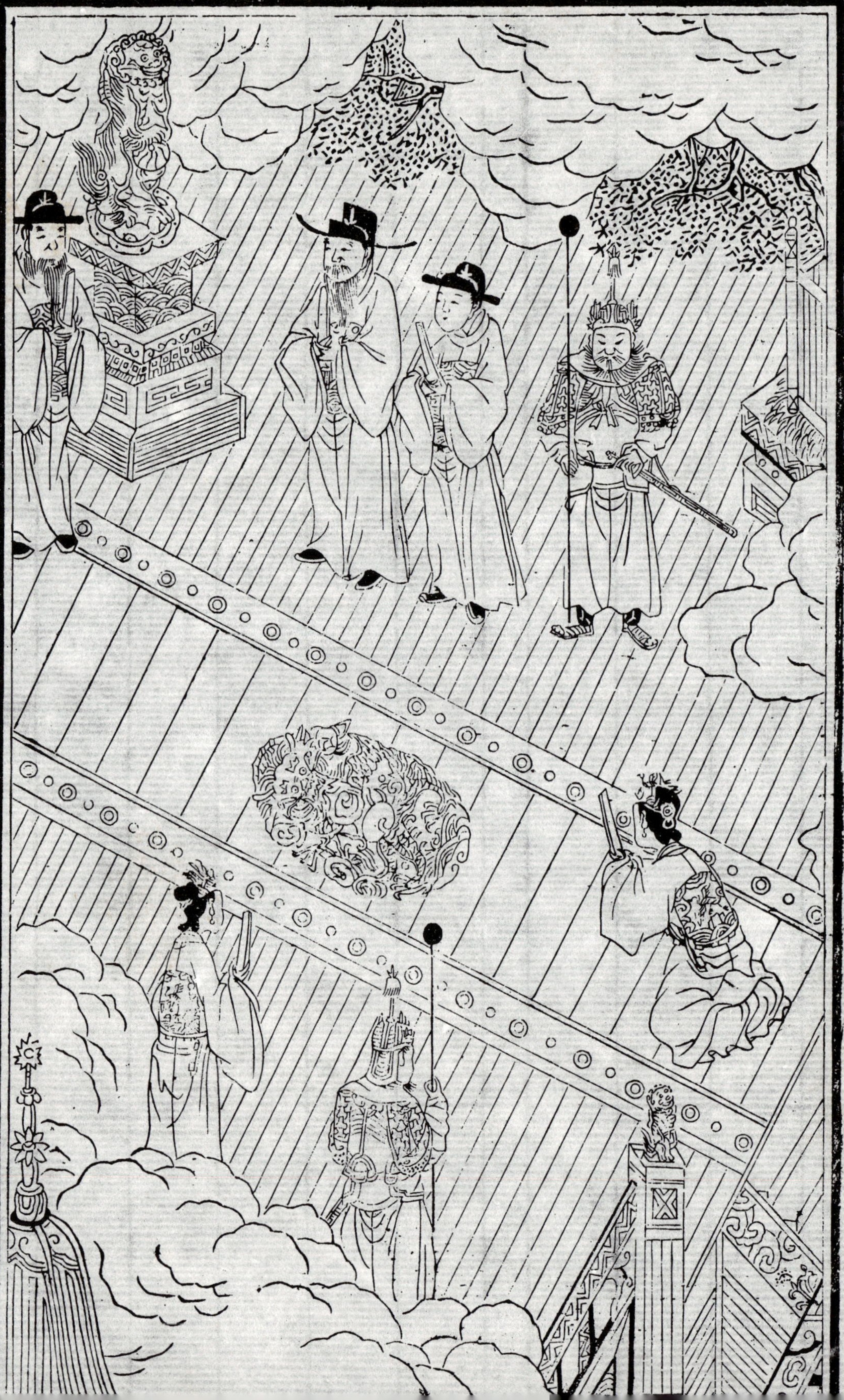

圓駕（老生紗帽圓領扮黃門官執笏上）

仙呂調隻曲【點絳唇】寶殿雲開御鑪烟靄乾坤泰（作回身拜介）日

金堦早唱道黃門拜（集唐）鸞鳳旌旗拂曉陳傳聞闕下降絲

興王會淨妖氛氣不問蒼生問鬼神自家大宋朝新除授

箇老黃門陳最良是也下官原是南安府飽學秀才因柳

梅發了杜平章小姐之墓徑往揚州報知平章念舊着俺

平李寇告捷效勞蒙聖恩欽賜黃門奏事之職不想平章

朝恰遇柳生投見當時拏下解逓臨安府監候却說柳生

會攛過卷子中了狀元找尋之間恰好狀元弔在杜府拷

當被駕前官校人等沖破府門搶了狀元上馬而去到也

了又聽的俺那女學生杜小姐也返魂在京平章聽說女

成了箇色精一發惱激央俺提奏一本爲誅除妖賊事中

劾奏柳夢梅係刼墳之賊其妖魂托名亡女不可不誅杜

先生此奏却是名正言順隨後柳生也奏一本爲辯明心

事都奉有聖旨道朕覽所奏幽隱奇特必須返魂之女面

還作衍儒式

敷陳取旨定奪老夫又恐怕真是杜小姐返魂私着官校

旨與他五更朝見正是三生石上看來去萬歲臺前辯假

道猶未了平章狀元早到（外相弔紅蟒扮杜寶執笏上）

【前腔】有恨裝排無明躭帶真奇怪（小生紗帽圓領執笏上）啞

難猜今上親裁劃（見外揖科）岳丈（外作不理怒科）誰是你岳

〔小生〕平章老先生、〔又揖式〕〔外作雙手攤介〕誰和你平章、〔小生〕哎呀、古詩云、梅雪爭春未肯降、騷人閣筆費平章、今日夢爭辯之時、少不得要老平章閣筆、〔外〕你罪人哎文哩、〔小生〕有何罪、老平章是罪人哩、〔外〕俺有平李全大功當得何罪、〔生〕朝廷不知、你那里平得箇李全、則平得箇李半、〔外〕怎麽平得箇李半、〔小生笑云〕你則哄的箇楊媽媽退兵、怎哄的〔外怒極作〕誰說、〔作扯小生介〕和你官裏講去、〔老生作慌出午門之外誰敢諠譁、〔作見介〕原來是杜老先生、同新狀元、了手、〔外放介〕〔老生〕狀元何事激惱了平章、〔外〕他罵俺罪人、得何罪、〔小生〕你說無罪、便是處分令愛一事也有三大罪、〔

那三罪、〔小生〕太守縱女遊春、一罪、〔外〕再、〔小生〕女死不搬喪建菴觀、二罪、〔外〕還有、〔小生〕嫌貧逐壻、刁打欽賜狀元、可不三大罪、〔外〕氣死我也、〔老生〕狀元以前也罪過些、看下官面和了罷、〔小生〕黃門大人與學生有何面分、〔老生笑科〕狀元知、尊夫人請俺上學來、〔小生〕敢是鬼請先生、〔老生〕狀元忘了、可記得僵雪溪橋也曾一面、怎麽就忘了、〔小生〕老黃門、是南安陳齋長、〔老生〕惶恐惶恐、〔小生〕先生、俺與你分上不如何妄報俺爲賊、做門館報事不真、只怕做了黃門、也奏不以實、〔老生〕今日奏事實了、遠望尊夫人將到、二公先行頭禮、〔外小生作分兩旁歸班立介〕〔內奏細樂扮二內監上

既增值殿內官帶應奏事官齊班而上不必念君起早等白更覺大方

旁排班介後塲搭擡供萬歲龍位衆扮四值殿執鸞架上奏事官齊班、外朝見介臣杜寶、小生臣柳夢梅、外小生見願吾皇萬歲萬歲萬萬歲、內應平身、外小生萬歲、仍立兩介內應聖上有旨、宣返魂女杜麗娘上殿朝見、老生領旨、出宣科聖上有旨、宣返魂女杜麗娘上殿朝見、小旦應領鳳冠霞帔執笏上通不云此麗娘本是泉下女、重瞻天日向丹墀、

黃鐘調合套北醉花陰平鋪着金殿琉璃翠鴛瓦內應金鐘三響小旦響鳴梢半天兒刮刺值殿喝科誰家女子、擅闖御道、拏老生駕上宣來的、小旦呀、似這般猙獰漢叫喳喳在閻浮見了些青面獠牙也不似今番怕老生來的是女學生杜小

麼、小旦來的黃門官、好似陳教授、嗄陳師父、老生果然是學生、小旦福介陳師父喜哩、老生揖科學生、你做鬼怕不駕、小旦噤聲、再休提探花鬼喬作衙則說是狀元妻來面內接吹打老生奏科杜麗娘宣到、小旦見科外見怒疑狀小生歡喜式臣妾杜麗娘駕、願吾皇萬歲萬歲萬萬歲、內應平身、小旦萬歲、立起站旁止吹打介內應聽旨、杜麗娘是真是假、就着伊父杜寶、臣有、內應狀元柳夢梅、小生臣有、內應出班識認、外小生旨、小生見小旦作悲科俺的麗娘妻嗄、外仔細認小旦作科鬼也些、真箇一模二樣、大膽、大膽、同身跪奏介臣杜寶奏、內應奏來、外臣女亡已三年、此女酷似、此必花妖狐媚、

陳師陪襯點綴畢爲學生擔憂方有佳趣

對鏡臨街可舒身法脚步

平章憤立於旁聽女所奏生死情繇似信似疑之狀皆映生色對待

託而成、俺王聽啓、

〔南畫眉序〕臣女没年多、道理陰陽豈重活、願吾皇向、金堦一

立見妖魔、〔小生〕好箇狠心的父親、〔跪科〕臣柳夢梅啓奏陛下、

〔應〕奏來、〔小生〕他做五雷般嚴父的、規模、則待要一下裏把

名煞抹、〔合外小生同唱〕便閻羅包老、難彈破、除取旨前來撒

〔內應〕平身、〔外小生〕萬歲、〔仍立兩旁介〕〔內應〕聽旨、朕聞人形

影鬼形、怕鏡、定時臺上、有奏朝照膽鏡、黃門官、〔老生〕臣有、

〔應〕可同杜麗娘照鏡、看花陰之下、有無踪影回奏、〔老生〕領

〔立起向小旦云〕女學生是人是鬼、隨俺對鏡者、〔小旦〕是、〔向

〔背云〕咳、着甚來由、

〔北喜遷鶯〕人和鬼怎生酧答、人和鬼教、怎生酧答、形和影現

着面、菱花、〔老生見鏡內有影作瞎喜點頭私語科〕鏡無改面、

係人身、〔向小旦云〕再向花街取影而奏、〔小旦走科〕〔老生看

介〕〔小旦〕只這、波查花陰這答、一般兒、蓮步迴鸞印淺沙、〔老

陳師大慌狀

奏科〕杜麗娘有形有影的係人身、〔內應〕平身、〔老生〕萬歲、〔立

介〕〔內應〕聽旨、麗娘既係人身、可將前亡後化事情奏上、〔小

跪奏科〕萬歲、臣妾二八年華、自畫春容一幅、曾於柳外梅

夢見這生、妾因感病而亡、葬於後園梅樹之下、後來果有

生姓名柳夢梅、拾取春容、朝夕掛念、臣妾因此出現成親

〔介〕噯呀、㥮惶煞、這底是前亡後化、抵多少陰錯陽差、抵多

陰錯（得這）陽差、（內應）平身、（小旦）萬歲、（仍立于旁）（內應）聽旨、柳
元質誑麗娘所言眞假、因何預名夢梅、一一奏來、（小生跪
科）臣柳夢梅謹奏、（內應）奏來、（小生）
【南畫眉序】臣南海乏（俗作泛、非）絲蘿、夢向嬌姿折梅、夢果登程、取試養
南柯、因借居南安府紅梅院中、遊其後苑、拾的麗娘春容、因
感此眞魂、成其人道、（外跪奏科）臣杜寶謹奏、（內應）奏來、（外）
人欺誑陛下、兼且點汚臣女、論臣女呵、便死葬向水口廉
背
和生人做、山頭撮合、（合前）（小生外同唱介）（內應）平身、（外小
萬歲、（照前立介）（內應）聽旨、朕聞有云、不待父母之命、媒妁
言、則國人父母皆賤之、杜麗娘自媒自婚、有何主見、（小旦）

奏科）萬歲嗄、臣妾受了柳夢梅再活之恩
【北出隊子】眞乃是無媒而嫁、（外）誰保親、（小旦）保親的是母喪
（外）送親的、（小旦）送親的是女夜叉、（內應）平身、（小旦）萬歲、（立
（外氣云）這等胡爲、（小生對云）這是陰陽配合正理、（外）正理
理花你那蠻兒、一點紅嘴哩、（小生）老平章、你罵俺嶺南人
檳榔、其實柳夢梅唇紅齒白、（小旦）禁聲、眼前活立着箇女
兒、親爺不認、到做鬼三年、有箇柳夢梅認親哩、則你這辣
生回陽附子較爭些、爲甚麽翠呆呆下氣的檳榔俊煞了他
爹、你不認阿、有娘在哩、（指鬼門科）現放着實丕丕貝母開
親阿媽、（老旦鳳冠紅蟒執笏上）爲奏重生事、踹入正陽門、（外

長懷疑不杜公心亂那麻麗娘見母色喜

漫天撒謊做就地便收科當場各各湊趣不致冷落

疑介（老旦駭疑狀）那來的好似俺夫人、（老旦）臣妾杜平章之妻、一品夫
甄氏見駕、願吾皇萬歲萬萬歲、（外老生驚介）（外）那裏
的眞箇是俺夫人、（作跪奏科）臣杜寶啓奏、（內應）奏來、（外）臣
已死揚州亂賊之手、臣已奏請恩旨褒封、此必妖鬼揑作
女一路、白日欺天、請旨定奪、（內應）平身、（外）萬歲、（立左介）（小
私云）這箇婆婆是不曾認的他、被婆驚白（內應）聽旨、甄氏旣死於揚
亂賊之手、何得臨安母女同居、以實奏來、（老旦）臣妾謹奏、

南滴溜子 揚州路揚州路遭兵刼奪、只得向只得向長安住、
不想 到錢塘夜過黑撞着、麗娘兒魂似脫、少不得子母肝腸
同生活、（內應）平身、（老旦）萬歲、（立右邊介）（內應）聽甄氏所奏、其

重生無疑、則他陰司三載、多有因果之事、假如前輩做君
臣宰不臻的、可有的發付他、從直奏來、（小旦跪科）這話不
罷了、提起都有、（老生）女學生、子不語怪、比如陽世府部州
尚然磨刷卷宗、他那裏有甚會案處、（小旦）

北刮地風 噯呀那陰司一椿椿文簿查、使不着你猾律拏喳
不着 你猾律拏喳是君王 有半副迎魂駕、臣和宰玉鎖金枷
（生）女學生沒對證、似這般說、秦檜老太師在陰司裏可受
（小旦）也知道些、若說他的受用呵、那秦太師 他一進門就
楞楞的黑心搥 敢搗了千下、浙另另的紫筋肝剁作三花、（衆
問科）爲甚剁作三花、（小旦）道他一花兒爲大宋、一花爲金

一花兒爲長舌妻（老生）這等長舌夫人有何受用（小旦）若秦夫人的受用、一到陰司、撏去了鳳冠霞帔、赤禮精光跳箇牛頭夜叉、只一對七八寸長指彄兒、輕輕的、把那撇道揢長（噯）舌揸（老生）爲何（小旦）聽的是東窗事發（外）鬼話也、且你鬼也邪、人間私奔自有條法、陰司可有（小旦）有的是柳梅七十條、爹爹發落過了、女兒陰司收贖、桃條打罪名加條打罪名加做尊官勾管了簾下（則道是）沒眞塲鳳流罪過有甚麽饒不過（這嬌滴滴）女孩兒家（內應）聽旨、朕細聽杜麗所奏重生無疑、就着黃門官（老生）臣有（內應）押送午門外、女夫妻相認、歸第成親謝恩（衆云）萬歲萬歲萬萬歲（內應班（內奏細樂後塲拆檯値殿內監卻下衆作行出午門笏下塲衆立定樂止（老旦向外福科）恭喜相公高轉了（外揖怎想夫人無恙（小旦泣科）爹爹嗄（外作不理云）靑天白日、鬼頭遠些（向老生介）陳先生（老生）老平章（外）如今連柳夢俺也疑將起來、則怕也是箇鬼（老生正色科）嗄是箇鬼（外箇鬼（老生笑云）是踢斗鬼（笑介）（老旦喜容云）今日見了狀女壻、女兒再生、二十分喜也、狀元先認了你丈母罷（小生揖介）岳母光臨、做女壻的有失迎待、罪之重也（老旦）好說、旦向小生福科）官人、恭喜賀喜（小生揖云）誰報你來（小旦得陳師父傳旨來（小生）受你老子的氣也（老生向小生云

俱要入情生動端的關目可觀

元認了丈人翁罷（俗去翁非）（小生變色云）我則認的十地閻君爲岳
（老生賠笑云）狀元聽俺分勸一言
南滴滴金你夫妻趕着了輪迴磨便君王使的箇隨風柁那
章怕不做賠錢貨到不如娘共女翁和壻明交剖（小生）老黃
俺是箇賊犯（老生笑科）狀元喲喲喲你得便宜人偏會撒
則待你偷天把桂影那不爭多先偷了地窟裏花枝朶（小旦）
（云）陳師父你不教俺後花園遊去怎看上這攀桂客來（外）
也邪怕沒門當戶對看上柳夢梅甚麽來（小旦笑科）哪
北四門子是看上他戴烏紗象簡朝衣掛看上他戴烏紗象
朝衣掛笑笑笑笑的來眼媚花爹娘人家白日裏高結綵樓

不出箇官壻你女兒睡夢裏鬼窟裏選着箇狀元郎還說
當戶對則您箇杜杜陵慣把女孩兒嚇那柳柳州他可也
戶風華爹爹認了女孩兒罷（外）離異了柳夢梅回去認你（小
（頓科）哎唷您叫俺回杜家赸了柳衙便作你杜鵑花也叫
轉子規紅淚灑（哭介）哎呀見了俺前生的爹卽世嬤顛不刺
魂靈立化（作氣悶老旦哭介副內應）春香姐走嗄（老生望科）
怎那老道姑來也連春香也活在我在賊營裏見甚來好
好笑（副扮石道姑貼扮春香同唱上）
南鮑老催官前定奪（打望介）原來一衆官員在此（貼叩云）老
夫人春香叩頭（副）道姑見禮（衆作不理式副）唗怎的狀元

姐、嘴骨都站在一邊、眼見他、喬公案斷的錯聽了那、喬教
的嘴兒嗑〔老生向貼云〕春香賢弟也來了、〔貼〕正是、陳先生恭
〔副〕陳相公、倒也做了官了、〔老生〕哎呀、這姑姑是賊嗄、〔副〕啐、
呌化、〔小生〕啞啞啞、胡說了、〔副〕誰是賊、誰是賊、你報老夫人
了、春香死了、你來看看這是那箇、做的箇紙棺材舌鍬撥
〔貼云〕來來來、見了狀元老爺、〔貼副同見科〕狀元恭喜、〔小生〕
姑喜也、這丫頭那里見俺來、〔貼〕你和小姐在牡丹亭做夢
有俺春香在哩、〔小生〕好活人活証、〔貼副〕今日呵、鬼團圓不
到真和合、鬼揶揄不想做人生活、老相公、你便是鬼三台費
跋〔外〕都廻避了、〔副貼竝下〕〔老生〕朝門之下、人欽鬼伏之所、誰

不從、少不得小姐、勸狀元認了平章、成其大事、〔小旦作笑
向小生云〕柳郎拜了丈人罷、〔小生作怒麗科〕我這樣鬼女
到不肯認那鬼丈人哩、〔小旦作一頓嘆科〕咳、
〔北古水仙子〕呀呀呀、你好差、呀呀呀、你好差、〔作扯小生手按
生肩介〕好、好、好、點着你、玉帶腰身、把玉手乂、〔小生〕我受他
百箇桃條哩、〔小旦〕拜拜拜、拜、荊條曾下馬、〔作先扯外臂後
小生介〕扯、扯、扯、做泰山倒了架、〔小生撒袖科〕嗄、我不認、〔外
笑云〕嗄嗄嗄我到罷了、他到粧喬起來、哈哈哈、〔小旦指小
科〕他他他、點黃錢、聘了咱、俺俺俺、逗寒食、喫了他茶、〔指老
科〕你你你、待求官、報信、則把口皮喳、〔老生作愧狀〕〔小旦指

（生介）是是是（是他）開棺見槨湔除罷、（指外介）（俗作屬非）爹爹爹（你可
罵勾了、咱鬼也邪、（小生作性科）我不認、（小
嗄、真箇不認、（小生）真箇不認、（小旦急科）哎呀痛殺我也、（作
悶倒介）（老旦慌扶向小生云）賢壻、認了丈人翁罷、（小生忙
夫人不要動氣、認便了、（向外揖介）岳父大人、（外笑容還禮
賢壻、（丑冠帶扮韓子才捧詔書上）聖旨下、（衆序立介）（丑）聖
已到、跪聽宣讀、（齊俯伏介）（丑）據奏奇異、敕賜團圓、平章杜
進階一品、妻甄氏、封淮陰郡夫人、狀元柳夢梅除授翰林
學士、妻杜麗娘封陽和縣君、就着鴻臚官韓子才、送歸宅
叩頭謝恩、（衆叩首介）願吾皇萬歲萬歲萬萬歲、（仍分立兩

介）（丑揖科）狀元恭喜、（小生）韓兄何以得此、（丑）自別尊兄、蒙
府起送先儒之後、到京考中鴻臚之職、故此得會、（小生）一
奇異了、（老生）原來韓老先生也是舊朋友、（丑向老生云）一
覆旨去、（老生）請、（丑老生同下）（衆作行介）（合唱）
【南雙聲子】姻緣詫、姻緣詫、陰人夢黃泉下、福分大、福分大、周
內是這朝門下、齊見駕、真喜洽、領陽間誥勅、去陰司銷假、（老
外同下）（小生小旦攜手介）
【北本宮尾】從今後把牡丹亭夢影雙描畫、（小旦）虧殺你南枝
㷧俺北枝花、（則）普天下做鬼的有情難似咱、（同下）